Das Herkules-Projekt

© privat

Marcus Hammerschmitt wurde 1967 geboren und studierte Philosophie und Literaturwissenschaft in Tübingen. Seit 1994 arbeitet er als freier Journalist und Schriftsteller.

Marcus Hammerschmitt

Das Herkules-Projekt

CARLSEN

Veröffentlicht im Carlsen Verlag
September 2011
Mit freundlicher Genehmigung des Sauerländer Verlages

Umschlagfoto: istock.com / © Max Delson Martins Santos
Umschlaggestaltung: formlabor
Corporate Design Taschenbuch: Dörte Dosse
Gesetzt aus der Dante von Dörlemann Satz, Lemförde
Druck und Bindung: GGP Media GmbH, Pößneck
ISBN 978-3-551-31025-5
Printed in Germany

Inhalt

Gefangen

Die Plastikhandschellen taten weh, besonders weil ihr die Hände auf den Rücken gefesselt waren, aber da gab's schlimmere Schmerzen. Die der Scham zum Beispiel. Menno hatte Recht gehabt. Wie immer. Und sie nicht. Wie öfter. Einmal zu oft. Sie fuhr jetzt ein. Sie konnte einpacken.

Beim Auschecken an einer Lovebox war es passiert. Das würde Abzug geben, den konnte sie nicht aufholen, bis zur nächsten Eiszeit nicht. Ganz schwerer Abzug, Genossin. Sie war ein Loser mit Doppel-O. Jetzt hatten die Bullen sie drangekriegt. Aber das hatte sie ja reizen müssen, diese Sache mit den Liebesradios. Dass niemand wusste, woher die silbrigen Retrokisten kamen. Diese Aufschrift an der Vorderfront: *Dem lieben Hörer!* Dass sie nie richtig benutzt wurden, obwohl es kostenlos war, obwohl man hören konnte, ohne zu bezahlen, sich anzumelden oder etwas zu unterschreiben. Dass man mit ihnen sprechen, sich was wünschen konnte, Pop, Klassik, Jazz, alles, und dass es dann gespielt wurde, nur für einen selbst, im Schädel des *lieben Hörers*. Paula hatte es wissen wollen. Wo die Musik herkam. Und wer sie bezahlte. Und wie das genau ging mit der Knochenresonanz. Wo doch nirgends ein Lautsprecher zu sehen war. Und natürlich hatte sie, Paula, das Kind, mit Menno vorher darüber reden müssen, wie sie immer mit Menno über alles reden musste, weil Menno ihr gehasster Gott war, der über alles Bescheid wissen musste, was Paula tat, weil Paula für alles Erlaubnis brauchte, verfluchter

Dreck. Menno hatte es natürlich nicht gefallen, er hatte gesagt:
»Das ist Pfusch, eine Falle. Das geht nicht, die Dinger sind link. Lass das, du machst dich zum Affen.«
Und Paula hatte einmal erwachsen sein wollen. Sie pfiff auf Menno, der sie mal sonst was konnte. Sie hatte sich überlegt, was ging.
So eine Lovebox, die würde sie knacken, die würde sie scannen, alle würden Respekt haben, es gäbe Tribut.
Ihre Aura war sauber gewesen. Ihre Auren waren immer sauber, die kamen von Flex, der konnte was. Was Paula abstrahlte, sah aus wie der Datendunst eines beliebigen gesetzestreuen Bürgers, sogar jetzt noch, hier im Copshop. Paula war sicher gewesen in ihrer Aura. Paula Hübner, Schülerin, hatte sie in die Umgebung abgestrahlt und einen bunten Blumenstrauß anderer Daten, von ihrer kompletten DNA-Sequenz bis zu ihrer Kreditwürdigkeit (beides okay). Ihre Schuhgröße auch (die stimmte sogar). Warum hatte der Bulle – nicht einmal DaSi, sondern ganz normale Streife – überhaupt Verdacht geschöpft? Weil sie sich so auffällig lange in der Nähe einer Lovebox aufgehalten hatte? Egal. Für den Augenblick war an nichts anderes zu denken als an die Tatsache, dass sie dran war.
»Aha«, sagte der Cop auf der anderen Seite des Tischs. Dann knallte er Paulas OmniK auf die Platte, dass es ihr durch Mark und Bein fuhr. Ein empfindliches elektronisches Gerät. Mit viel Seele darin. Ihrer Seele. Auch der OmniK hatte seine falsche Aura, die passte zu der von Paula. Eine Brille mit den passenden Gläsern machte die Datenstrahlung von Geräten und Menschen sichtbar. Der Cop gegenüber

trug so eine Brille. Er drehte das schwarze, handtellergroße Gerät um, klappte es auf und schaltete es ein. Der Bildschirm leuchtete auf und leise erklang Paulas Erkennungsmelodie.

»Wahrscheinlich nicht einmal geimpft!«, sagte der Mann drohend.

Er roch nach Schweiß. Wie das ganze Zimmer. Paula schwitzte ja auch, sie war sich sicher, dass man das sehen konnte. Natürlich war der OmniK geimpft. Wie der eines jeden rechtschaffenen Bürgers. Und unter der Aura, unter der Impfschicht, unter verschiedenen Schichten von digitalem Isolierband, da war die Seele des OmniKs. Paulas Sammlung. Ihre illegalen Daten. Ihr Leben. Und sie selbst trug ihr Leben noch einmal am Leib. Denn auch ihr Körper war geimpft worden, wenn auch auf andere Art als der OmniK. Vor ihrer Einschulung hatte eine Injektion mit Nanomaterial einen Großteil der Zellen ihres Körpers in winzige Computer verwandelt, die über Funk miteinander in Verbindung standen, die Daten austauschen, speichern und verändern konnten. Am dichtesten war das Netz in ihrem Kopf, aber auch ihr ganzer restlicher Körper war ein doppeltes Netzwerk, ein biologisches und ein elektronisches. Den elektronischen Teil kontrollierte sie mit dem OmniK. Wie jeder normale Mensch. Nur war sie kein normaler Mensch. Sondern eine Datenpiratin. Und deswegen hatte sie eben auch keinen normalen OmniK.

»Ah«, sagte der Bulle, nachdem er den OmniK eine Zeit lang durch seine Brille studiert hatte. »Also doch geimpft. Aber mit abgelaufenen Signaturen. Primitiv, aber auf den ersten Blick glaubhaft.«

Paula wusste genau, was hier passierte. Der Bulle, der kein Spezialist, sondern ein ganz normaler Angestellter der SecurAG war, wollte ihr weismachen, er gehöre zur Datensicherheit. Aber DaSi-Leute hätten nicht so viel geredet. Sie waren eine kältere Sorte Mensch. Sie redeten überhaupt nicht, sondern handelten. Ein DaSi-Agent hätte einfach mit dem Entschlüsseln begonnen, um zu Paulas Sammlung vorzudringen, die sie so sorgfältig in ihrem OmniK und ihrem Körper versteckt hatte. Bei der DaSi beschäftigten sie *Leser*. Leute mit Intuition und Rechenpower, die buchstabierten »Kryptografie« in jedem Fall richtig. Nachdem sie ihre Opfer zum Stillhalten veranlasst hatten. Aber sie waren dem Staat zu teuer, die Spezialisten mit den grauen Köfferchen, und es gab von ihnen zu wenige für all die Fälle, in denen sie gebraucht wurden. Das wusste die Öffentlichkeit nicht. Aber Paula wusste es. Sie wusste vieles, was die Öffentlichkeit nicht wusste. Nein, dieser Schwätzer da wollte sie nur weichkochen, bis ein DaSi-Leser frei war.

»Ich bin Paula Hübner«, sagte Paula, »Schülerin am Carl-Einstein-Gymnasium Wandlitz. Sie halten mich hier widerrechtlich fest. Ich habe nichts getan. Lassen Sie mich gehen oder wenigstens mit einem Anwalt reden.«

»Aber natürlich, du dummes Huhn. Ich lasse dich gehen. Oder noch besser, mit einem Anwalt reden. Damit zehn Minuten später deine Freunde hier aufkreuzen und ein Heidenchaos veranstalten, bis wir nicht mehr wissen, wo links und rechts ist.«

Er beugte sich vor. Er hatte vor nicht allzu langer Zeit etwas mit Zwiebeln gegessen.

»Sei froh, dass ich dich nicht kitzeln darf. Es riecht hier nach Piraterie. Morgen bist du blank.«

Die Tür ging auf, Paula fürchtete, der Leser sei bereits angekommen, aber nein, es handelte sich nur um einen Secur-AG-Kollegen des Zwiebelessers. Groß, vierschrötig, kahl rasiert. Der Schocker an seinem Gürtel glänzte wie ein frisch gewienerter schwarzer Schuh. Er zog Paula von seinem Stuhl hoch, als sei sie aus Papier.

Baumann, der vierschrötige Kollege des Zwiebelessers, schob Wache. Die Gefangene war sicher in ihrer Zelle verwahrt. Jetzt brauchte Baumann nur noch zu warten und zu hoffen. Zu warten, bis die »Schülerin« in B8 ihre Identität als Piratin von selber preisgab, und zu hoffen, dass das nicht passierte, bevor der DaSi-Leser eintraf. Baumann hatte lange auf diesen Moment hingearbeitet. Alles lag bereit, der Plan war klar. Um sich die Zeit zu verkürzen, spielte Baumann gegen sich selbst Schach. Die anderen Bullen hier hielten ihn ja für naiv, glaubten sogar, seine Schweigsamkeit beruhe auf einem niedrig eingepegelten IQ, und benutzten ihn als Einschüchterungsmittel gegenüber den Gefangenen. Einfältig wirken und einschüchternd, das konnte Baumann in der Tat. Ganze Ausnüchterungszellen voller besoffener Randalierer wurden mucksmäuschenstill, wenn er sich in die Tür stellte und fragte, ob es ein Problem gebe. Aber er schwieg meistens, um seine Intelligenz nicht zu verraten. Dass er sich gelegentlich nicht zurückhalten konnte, schadete nichts. Man verstand ihn ohnehin nicht.

Das Signal kam, der Verdachtsfall in B8 fing an zu senden. Hoffnungslos – aus einer Faraday'schen Zelle wie dieser gelangte kein Hilferuf nach draußen. Nur Baumann hörte das

stumme Geschrei, oder besser sah es auf einem Bildschirm, der das elektromagnetische Spektrum des gesamten Reviers überwachte. B8 sendete ungewöhnlich stark, hochfrequent, hektisch die Bänder wechselnd. B8 war eine Piratin, ohne jeden Zweifel. Jetzt musste alles schnell gehen.
Paula war am Ende. Sie war in Panik. Der Leser würde kommen mit seinen Koffern voller Medikamente und Rechenpower, er würde ihr ein oder zwei Spritzen geben, ihre Codes würden geknackt werden, sie und ihr OmniK würden gelöscht werden. Daher ging sie auf Sendung. Alle Zellen mobilisierend, rief sie nach ihren Freunden, bat sie um einen Entlastungsangriff, eine Befreiungsaktion, ein Wunder. Schwere Arbeit, die ihre Reserven aufzehrte, als wäre sie eine Kerze, die an beiden Enden brennt. Dabei konnte sie mit ihren Hilferufen niemanden genau anpeilen, weil sie ihr Körpernetz ohne ihren OmniK nicht wirklich kontrollieren konnte. Hätte man jetzt ein Radio neben sie gestellt, hätte es nichts empfangen als ein panisches Rauschen. Hätte man sie durch eine Aurenbrille betrachtet, hätte sie ausgesehen wie ein Engel in brennendem Benzin. Sie schwitzte. Sie loderte. Sie strahlte. Als die Tür aufging, als der Neandertaler hereinkam, der sie hier in diese Zelle gesteckt hatte, dachte sie: Jetzt holen Sie mich zur Löschung.
»Hör auf damit«, sagte der Bulle. Paula gehorchte sofort. Ein schneller Blick zur Tür und der Cop griff zu seinem Schocker. »Denk nicht mal dran«, sagte er und beugte sich ungewöhnlich nah zu ihr hin. Was ist das?, dachte Paula verwirrt. Vorspiel? Der Bulle hielt ihr die flache Hand ganz nah vors Gesicht. An der Handinnenfläche klebte eine Karte. Sah aus wie eine Magnetkarte. Wie die Rückseite einer

Magnetkarte, um genauer zu sein. Die weiße und ein wenig abgeschabte Fläche war beschrieben. Paula las:
»Die Kameras sind aus für zehn Minuten. Wenn ich weg bin, wartest du kurz, dann nimmst du die Karte und gehst. Funkfeuer bis zum Notausgang. Dein OmniK bleibt hier, du siehst ihn nicht wieder. Kollwitzplatz, morgen, 17.30. Du hast die Wahl.«
»Hör auf mit dem Scheiß«, sagte der Bulle laut. »Du tust, was ich sage, oder du bist reif.«
Er schlug ihr auf die Schulter und hielt ihr die Pranke noch einmal vors Gesicht. Die Karte klebte nicht mehr am Handteller, sie musste auf ihrer Schulter zurückgeblieben sein. Paula bedeckte sie instinktiv mit ihrer Hand. Spürte das Plastik unter ihren Fingern. Starrte immer noch den Cop an. Der drehte sich um und warf die Tür ins Schloss.
Paula dachte nach, schneller, als sie je nachgedacht hatte. Sie fand an der Tür natürlich keinen Schlitz. Was sollte das? Ah, dachte sie, ah. Wie dumm man sein kann. Sie presste die Karte gegen die Brust und konnte fast spüren, wie das Passwort auf ihr Körpernetz überging. Ein Schritt nach vorne und die Zellentür öffnete sich mit einem sanften Klicken.
Der Weg nach draußen war traumleicht. Die Türen öffneten sich vor ihr, sie brauchte das Sesam-öffne-dich nicht einmal zu hauchen, ihr Körper tat es für sie; das Funkfeuer, von dem der Bulle gesprochen hatte, geleitete sie akustisch von Korridor zu Korridor, ein Piepton, den nur sie hören konnte, zeigte ihr den Weg. Die wenigen Polizisten, denen sie begegnete, wunderten sich nicht, ihre OmniKs erkannten die richtigen Losungen, sie sahen, dass sich die Türen

vor ihr öffneten, wie sie es vor ihnen taten. Einmal rief ihr jemand »He!« hinterher, sie spuckte in gereiztem Tonfall über die Schulter: »Keine Zeit jetzt!«, und kam damit durch – bis zu dem unscheinbaren Notausgang, den sie ohne das Funkfeuer niemals gefunden hätte. Sie machte die Tür auf. Atmete Nachtluft. Ging auf die Flucht.

Feuerwehr

»Das ist zu hart, Mann!«, sagte Flex kopfschüttelnd. »Ein Feuerwehrmann! Ein echter Feuerwehrmann!«
Er scannte und scannte. Flex war misstrauisch. Paulas Geschichte gefiel ihm nicht. Der DaSi entkommen mit der Hilfe eines SecurAG-Bullen! Eines Feuerwehrmanns. Feuerwehrmänner waren Mitglieder des Sicherheitsapparats, die den Piraten halfen. Man hörte ab und zu von ihnen. Niemand glaubte so ganz an ihre Existenz. Von Feuerwehrmännern zu reden war für Flex eine Möglichkeit, seine Zweifel auszudrücken, ohne Paulas Geschichte direkt in Frage zu stellen. Der Scanner gab ihr Recht: Der Inhalt der Karte wirkte echt genug. Codes für Polizeisysteme, an denen er bisher nicht vorbeigekommen war. Selbst er, Flexolin, der Türenöffner, der magische Schlüssel für magische Schlösser. Und möglicherweise war der ganze Karteninhalt noch gültig. Wenn die Bullen auf dem Revier des Feuerwehrmanns ein bisschen schlampig waren und die Codes nicht jeden Tag auswechselten, konnte man jetzt in dieses Revier hineinspazieren und sich ein wenig rächen. Für jede Löschung seit den frühen Zwanzigern.
»Ich weiß, woran du denkst«, sagte Paula. »Vergiss es.«
Flex seufzte. Es sollte komisch klingen. Es klang besorgt.
»Wir müssen mit Menno reden«, sagte er.
»Natürlich müssen wir das«, antwortete Paula leicht gereizt. »Aber zuerst brauche ich eine neue Aura.«
»Rechner läuft«, sagte Flex, und zu den vielen Bildschirm-

fenstern, die an die Zimmerwände projiziert wurden, kam ein neues dazu.

»Jochen, Paula«, rief eine Frauenstimme von unten. »Abendessen.« Flex und Paula sahen sich grinsend an. »Meine gute Mutter«, sagte Flex. »Nach dem Essen ist deine Aura fertig.«

Dann würde Paula für die Polizei wieder unsichtbar sein.

Sie trafen sich im Zoo. Durch die strengen Eingangskontrollen waren sie als eine Reisegruppe aus Kanton/China gekommen, jeder von ihnen hatte für zwanzig Chinesen gezählt. Kleiner Scherz von Flex. Das System würde erst über Nacht bemerken, dass die angegebenen Kreditkartenkonten bei der Bank of China nicht existierten. Im Aquarium herrschten Dämmerlicht und Gemurmel, es gab mehrere Aus- und Eingänge, Flex kannte den Bauplan und einen inoffiziellen Notausgang durch den Keller, die drei Piraten waren in relativer Sicherheit.

»Das Ganze gefällt mir nicht. Das ist eine Falle«, sagte Flex und machte damit nun doch seine Zweifel an Paulas Geschichte deutlich. Er sah seine Freunde nicht an, stattdessen beobachtete er genau die ekelhaften Zitteraale, die permanent alles in ihrer Umgebung zu lähmen versuchten, aber nur eine Anzeigeskala über ihrem Privatbecken zum Aufleuchten brachten: gelbgrün bei 120 Volt, rot bei 180 Volt. Flex hatte schon immer gefunden, dass diese Viecher aussahen wie übergroße Maden in Alkohol. Anklopfen am Glas war streng verboten. Das Glas war ganz verschmiert von Hunderten von Erwachsenen- und Kinderfingern, die heute schon angeklopft hatten, damit die elektrischen Fische Lichtorgel spielten.

»So kriegen uns die Nazis«, sagte Flex.
»Wie oft hatten wir eigentlich schon dieses Gerede von den ›Nazis‹?«, sagte Menno gelangweilt. Menno war fünfzehn, also schon fast volljährig. Keiner wusste so genau, woher seine Autorität kam, aber in gewisser Weise war er der Chef. »Wo seht ihr hier Nazis?«, sagte er immer. »Das Schlimmste, was uns passieren kann, ist die Löschung. Und die ist nicht der Tod, je nach Art der Löschung verlieren wir ja nicht einmal unser Körpernetz, sondern nur die gespeicherten Daten.«
Manche widersprachen ihm dann:
»Ja und? Die Daten sind unser Leben, als ob du das nicht wüsstest. Und die Tiefenlöschung vergisst du ja ganz. Das ist Nazischeiße genug.«
Zu solchen Einwänden schwieg Menno. Diejenigen, die sie äußerten, waren ab da für ihn »Wichtigtuer« und »verwöhnte Kinder«. Ein wenig unfair, wenn man bedachte, wie verwöhnt er selbst war.
Aber Paula fand es sowieso vollkommen überflüssig, jetzt einen Streit um Begriffe anzufangen. Manchmal ging ihr Menno gewaltig auf die Nerven.
»Das ist doch jetzt kein Thema, oder?«
Inzwischen standen sie vor dem Becken mit den Seepferdchen. Ein Fetzenfisch stand im Wasser wie eine Alge mit Augen.
Ein Familienvater war mit seinen beiden Söhnen den drei Piraten zu nahe gekommen.
»Seepferdchen, guck mal, Seepferdchen.«
Die Freunde verzogen sich zu dem zentralen, achteckigen Aquarium, das das ganze Hallendach trug. Auf diesen Trick

war der Architekt sicher mächtig stolz gewesen. Ein kleiner neurotischer Hai zog im Dämmerlicht seine engen Kreise. Als Mensch hätte er sicher abgekaute Fingernägel und ein ständig zuckendes rechtes Augenlid gehabt.

»Hör mal, Flex«, fing Menno wieder an, »du meinst es gut, ja? Aber wenn du glaubst, dass Paula uns irgendeinen Mist erzählt, dann sag es doch offen. Sonst ist ganz schlechte Stimmung hier und die will man bei einem Ausflug in den Zoo vermeiden, oder?«

»Nicht wahr!«, »Hör doch auf!«, protestierten Paula und Flex gleichzeitig. Drei aufgeregte Kinder, jedes mit einem Trinkbecher bewaffnet, wollten jetzt den bösen Hai sehen.

»Es ist nur …«, sagte Flex, »ich kann es kaum glauben.«

»Obwohl du alles geprüft hast? Du, Flexolin, der Meister aller Klassen?«

»Sehr witzig, Menno. Ja, alles geprüft. Und trotzdem. Ich weiß nicht, dieses Treffen da, das gefällt mir nicht. Was kann der von uns wollen. Er ist ein Bulle!«

»Ja und?«

Jetzt wurde es Paula wirklich zu viel. Mit Bullen wurden keine Spielchen gespielt. Nicht bei Piraten. Und Glauben schenkte man ihnen erst recht nicht.

»Was soll das heißen, ›ja und‹?«, warf sie ein. »Flex hat vollkommen Recht. Er ist ein Bulle. Weiß der Teufel, warum er mir geholfen hat. Vielleicht ein besonders fieser Trick, wer kann das wissen? Ich hab euch die Wahrheit erzählt. Das heißt aber noch lange nicht, dass wir da morgen auftauchen, weil uns so eine SecurAG-Nase hinbestellt hat.«

»Nase ist das Stichwort. Meine Nase sagt mir Folgendes: Wir haben hier einen Feuerwehrmann. Und zwar einen außergewöhnlich interessanten Feuerwehrmann. Nicht einen von den Typen, die aus Sympathie mal zwei Augen zudrücken, wenn sie uns bei irgendeinem krummen Ding erwischen. Oder einen von diesen Humanitätsprofis, die uns vor der Löschung noch einmal was zu trinken hinstellen. Sondern jemand, der Kopf und Kragen riskiert hat, um einen von uns zu retten. In dem Fall dich, Paula, weil du entgegen meinem Rat an einer Lovebox herumfummeln wolltest. Warum macht der so was? Das kann wichtig für uns sein, für uns alle.«

Paula kochte, weil Menno noch einmal ihren fatalen Fehler erwähnt hatte. Flex sah woandershin. Nur Menno, der Drecksack, schien wirklich gut gelaunt zu sein.

»Diese Stachelrochen da unten«, sagte er leichthin, »habe ich übrigens schon immer faszinierend gefunden.«

Einsame Entscheidungen

Der Himmel war grau, es hatte geregnet, es würde wieder regnen. Die drei Jugendlichen mit Kapuzen und Sonnenbrillen fielen hier am Kollwitzplatz nicht besonders auf. Die Kombination war gerade Mode. Baumann, der mit seinem Kollegen Erhard wahllos Personenkontrollen durchführte (»Präsenz zeigen, meine Herren!«), wusste aber auf den ersten Blick, mit wem er es zu tun hatte, als die drei um die Ecke bogen. Sofort war ihm auch klar, wer hier den Anführer machte (der Magere in der Mitte), und links neben ihm war das Mädchen, das er gestern befreit hatte. Die Körpersprache des Dritten verriet Angst und Vorsicht. Baumann vermutete sogar, dass er der Ängstlichste von allen dreien war, so wie er sich um Gelassenheit bemühte.

»Halt«, sagte Baumann, »Personenkontrolle.« Die Freunde blieben stehen. Jeder von ihnen hatte die rechte Hand in einer Tasche seines Kapuzen-T-Shirts stecken. Baumann vermutete irgendeinen verbotenen, aber harmlosen Schockerquatsch, den man in jedem Elektrohandel unter dem Ladentisch kaufen konnte. Wenn man es recht bedachte, wirkten die drei ein wenig wie Bankräuber in der Ausbildung. Erstes Lehrjahr.

Erhard lächelte herüber. Er hatte ein unscheinbares Pärchen in der Mangel, man tat was für sein Geld. Baumann registrierte zuerst nicht, was der Anführer der Piraten gesagt hatte. Doch dann sprangen sofort seine Bulleninstinkte an.

»Schnauze«, hatte der magere Hering nämlich gesagt. Gleichzeitig nervös und selbstsicher.
»Jeder von uns hier hat einen Stingray«, fuhr der Anführer fort. »Du und das Arschgesicht da drüben, ihr kriegt uns, wenn ihr wollt. Aber wir kriegen euch zuerst.«
Der Begriff *Stingray* ließ Baumann aufhorchen. Stingrays waren heimtückisch. Sie verschossen Pfeile voller Rochengift, die durch alle bekannten Schutzwesten drangen. Das Gift verursachte unheilbare Wunden. Die Opfer starben zwar nicht, wünschten sich aber meistens bald den Tod. Eigentlich hatte der Erfinder der Stingrays eine Selbstverteidigungswaffe gegen Straßenkriminalität schaffen wollen. Wie das Leben so spielte, waren sie ausgerechnet bei Straßenkriminellen besonders beliebt, weil jeder vor ihnen Angst hatte. Baumann bemerkte, dass das Mädchen Erhard im Auge behielt. Reine Anfänger waren die Kids hier nicht mehr.
»Du bluffst doch nur.«
»Schluss mit dem Gelaber«, sagte der Anführer. »Warum?«
»Warum was?«
»Warum hast du eine von uns laufenlassen?«
»Gut, Schluss mit dem Gelaber«, sagte Baumann, langsam ernstlich genervt. »Ich werde euch jetzt ein wenig herumschubsen, damit Erhard keinen Verdacht schöpft. Während ich euch filze, unterhalten wir uns. Das mit den Stingrays würdet ihr bedauern. Wir haben nämlich auch welche dabei.«
Er zog seinen Schocker und fuhr mit ihm kurz an den Kapuzenträgern vorbei. Dann hängte er ihn wieder an seinen Gürtel. Wenn sich jetzt einer von ihnen zu hastig be-

wegte, wurde er bis auf eine Entfernung von zwanzig Metern zusammengeschockt, ohne dass Baumann zielen oder auch nur einen Finger rühren musste. Enorm personalsparend diese Geräte. Und viel effektiver als die alten Bleispritzen.

»An die Wand da, zackig!«, sagte er laut. »Hände aus den Jackentaschen! Beine auseinander!«

Die drei gehorchten, jetzt doch ein wenig eingeschüchtert. Baumann tastete sie ab, nicht gerade sanft.

»Okay«, sagte er leise. »Ich hab eine von euch laufenlassen, weil ich diesen Job hasse. Ich steige aus. Und ihr helft mir.«

»Hände weg von meinem Arsch, Gorilla«, sagte der Anführer. Baumann berührte ihn in diesem Moment nicht einmal. »Hilf dir doch selbst, wenn du's kannst.«

»Witzbold«, knurrte Baumann, jetzt mit den Waden von Paula beschäftigt. »Aber so läuft das nicht. Erstens seid ihr gute Kinder. Keine kleinen Arschlöcher, die nicht wissen, was sich gehört. Zweitens, wenn ihr mir nicht helft, sammele ich euch alle drei ein und ihr werdet morgen gelöscht. Drittens: Ich habe etwas für euch, was ich überhaupt nur mit einer neuen Aura durch die Gegend transportieren kann, und ihr werdet mir diese neue Aura besorgen. Ihr habt die Wahl.«

»Ich verpfeif dich bei deinen Kollegen«, sagte Paula mit unterdrückter Wut.

»Ja und? Will doch keiner hören, wenn du pfeifst. Wem glauben sie mehr, wenn ich dich wieder einbuchte? Dir oder mir?«

»In meiner rechten Hosentasche ist ein Zettel«, sagte

Menno. »Mit ’ner Adresse. Wenn du’s ernst meinst, sehen wir uns in drei Tagen dort.«
Baumann fand den Zettel, zog ihn unauffällig aus der Hosentasche des Anführers und steckte ihn ein mit der Geschwindigkeit eines Taschenspielers. Keine Sendevorgänge, kein Elektromagnetismus. Veraltete Informationstechnologien konnten ihre Vorteile haben.
»Ihr verzieht euch jetzt, mein Kollege kommt rüber. Lasst euch nicht erwischen mit euren Stingrays.«
Er nahm den Schocker von seinem Gürtel, wedelte an den dreien vorbei, die sich langsam von der Mauer lösten. Sein Kollege war jetzt in Hörweite. Zum Glück hatte er gestern Abend keinen Dienst gehabt und kannte Paula nicht. Baumann gab dem Anführer einen unsanften Schubs und sagte:
»Haut ab, ihr Pfeifen. Heim zu Mami.«
Die drei trollten sich.
»Was war’n das denn für Typen?«, fragte Erhard amüsiert.
»Bürgerkinder, die hier was erleben wollten. Ham sie ja auch.«
Erhard lachte dreckig, Baumann lachte mit. Er hatte gut lachen. Natürlich wurde unter den Kollegen getuschelt. Natürlich würde es eine Untersuchung zu der Frage geben, wie Paula hatte entkommen können, bevor sie erkennungsdienstlich behandelt worden war. So dass die Secur-AG von ihr jetzt nicht einmal ein Foto hatte, sondern nur die gefälschte Aura. Das Getuschel und die Untersuchung ließen Baumann kalt. Er würde nicht mehr lange Polizist sein.

»Du bist doch völlig verblödet.« Paula hatte Flex noch nie so wütend gesehen. Er wandte nicht einmal sein Gesicht ab wie sonst. Er starrte Menno mit aufgerissenen Augen an. »Du verrätst diesem Scheißtyp alles. Für ein paar leere Versprechungen.«

Menno sagte gar nichts. Er war immer sehr gut im Schweigen gewesen. Paula hasste ihn dafür. Aber noch viel mehr hasste sie sich selbst. Wenn man es genau nahm, war sie daran schuld, dass sich ihre beiden besten Freunde angifteten wie Todfeinde. Paula spürte, dass hier ein endgültiger Bruch in der Luft lag. Ihr war speiübel. Und Menno? Hatte den Nerv, sie anzusehen, als wollte er sagen: »Nimm das alles nicht so ernst.« Flex fasste diesen Blick als weitere Provokation auf. Er hob seine Fäuste.

»Du Verräter!«, zischte er.

Menno wich nicht zurück. Er war angespannt, aber er hatte sich unter Kontrolle. Er kaute Kaugummi. Er sagte nichts. Flex stürmte aus dem Zimmer, die Treppe runter, aus dem Haus. Man konnte sogar hören, wie er unten sein Fahrrad losmachte.

»Alles halb so wild«, sagte Menno, nachdem er tief Atem geholt hatte. »Der kommt wieder.«

»Du weißt genau, dass er Recht hat«, sagte Paula. »Du kannst nicht einfach über den Keller verfügen, ohne uns vorher zu fragen. Das ist nicht dein Keller.«

Zu Paulas Überraschung grinste Menno.

»Das lass nur meine Sorge sein.«

So, dachte Paula, redet dein Vater auch oft.

Im Keller

Baumann war es ein Rätsel. Er wusste nicht genau, was er erwartet hatte, aber bestimmt kein Abbruchhaus. So was war einfach nicht sicher: Es konnte jederzeit verschwinden, man konnte beobachtet werden beim Betreten und Verlassen des Gebäudes; was man dort unterbrachte, war nicht gegen andere Eindringlinge geschützt. Ein schlechter Ort, um ein neues Leben anzufangen. Als er sich mit Menno durch die dunkle Diele tastete, bekam er Zweifel. Schwerwiegende Zweifel. Für die es jetzt zu spät war und die er doch nicht einfach beiseiteschieben konnte. Wenn seine Kollegen ihn hier erwischten, gab es kein Herausreden mehr. Dann gab es nur noch die Löschung. Er tastete nach der Waffe in seiner rechten Jackentasche. Kindisch, ein Ritual zur Selbstberuhigung, gewiss, aber wirksam. Zumindest hatte auch er etwas dabei, das anderen Angst machen konnte. Im Treppenhaus stank es nach Katzenpisse. Dieser Menno schien sich seiner Sache vollkommen sicher zu sein. Ganz unten war dann stockfinstere Nacht. Nur noch die dünnen Lichtfinger ihrer Taschenlampen strichen über die Wände. Der Keller war groß (ihre Schritte hallten), er war feucht und roch noch viel mieser als das Treppenhaus. Baumann hatte sich so immer Burgverliese vorgestellt, in denen die Gefangenen ohne Licht vor sich hin moderten. Menno öffnete eine Tür. Sie fiel hinter ihnen ins Schloss, flackernd ging eine Notbeleuchtung an. Kartoffelsäcke mit zweifelhaftem Inhalt, leere Regale, Getränkekisten, Spinnen, Moder, Kellermief.

»Was wollen wir hier?«, fragte er Menno.
»Wir machen aus dir einen neuen Menschen.« Menno kicherte. Er hatte offenbar richtig Spaß.
»Sehr komisch«, sagte Baumann trocken. »Hoffentlich reißt niemand das Haus über unseren Köpfen weg, während ich ein neuer Mensch werde.«
»Unwahrscheinlich. Zwei Gruppen von Erben streiten sich um das Haus. Seit zehn Jahren. Die einen sitzen in Amerika, die anderen in der Ukraine. Faszinierend. Es geht nur noch um den Streit, schon lange nicht mehr um die Sache. Wir sind der Dritte, wir lachen.«
»Woher wisst ihr das?«
»Flex liest Katasteramtsdaten wie andere Leute ihre Morgenzeitung.«
Baumann hielt die Luft an. Langsam begriff er, in welcher Liga diese Jugendlichen spielten. Beängstigend hochklassig für seinen Geschmack. Genau die richtige Sorte.
»Aber Flex ist ausgestiegen.«
Menno hatte ihm von dem Streit mit Flex erzählt.
»Nicht wirklich, Monsieur Baumann. Eine zeitweise Verstimmung. Ach, und falls es Sie interessiert: Ihre Kollegen von der SecurAG kommen hier nie vorbei. Es gibt keinen Servicevertrag für diese Straße. Hat auch Flex rausgefunden. Gibt es andere Interessenten für das Haus? Das ist hier Niemandsland zwischen zwei Gangs, Pufferzone. Schon lange. Eigentlich harmlose Leute und sehr berechenbar. Wenn sie uns sehen, halten uns die einen für die anderen und die anderen für die einen. Wir hatten bisher nicht die geringsten Probleme. Und was gibt es hier schon, außer alten Kartoffelsäcken? Nein, nein, wir sind hier unter uns.

Zur Sicherheit hält Paula oben Wache, und wenn sie uns warnt, verschwinden wir auf einem Weg, den weder das Katasteramt kennt noch die SecurAG und schon gar kein Nachwuchsgangster.«

In diesem Moment klopfte es an der Tür. Menno runzelte die Stirn und prüfte seine Armbanduhr. Baumann griff nach seiner Waffe und entsicherte sie. Dann schob er sich zur Tür vor und riss sie mit einem Ruck auf. Der Anklopfer hatte deshalb die Klinke noch in der Hand gehabt und stolperte herein wie an einem Seil gezogen. Baumann klatschte ihn auf den Boden und hatte die Waffe sofort an seinem Hinterkopf.

»Schnauze halten, liegen bleiben«, knurrte er.

Der Besucher hörte auf zu strampeln.

»Ausgezeichnet, Baumann«, sagte Menno grinsend. »Aber Sie können ihn jetzt loslassen. Ihr kennt euch ja bereits. Flex – Baumann, Baumann – Flex.«

Baumann stand langsam auf und steckte seine Waffe weg. Er fand sich zum wiederholten Mal von Menno überlistet und gedemütigt, und wenn das so weiterging, entwickelte er gegenüber diesem Klugscheißer noch einen Minderwertigkeitskomplex. Flex kam kaum vom Boden hoch, vielleicht weil Baumann zu schwer auf ihm gekniet hatte. So was ging ins Kreuz, wie Baumann selbst noch aus der Ausbildung wusste. Zum Glück war Flex jung und litt offensichtlich nicht an Bandscheibenproblemen. Dafür zitterte er am ganzen Leib und beherrschte sich nur mit äußerster Mühe.

»Arschlöcher, elende«, presste er zwischen den Zähnen hervor.

»Entschuldigung«, sagte Baumann, »ich wusste nicht, dass du das bist.«
»Ja, ja«, sagte Menno, »wenn ihr dann mit euren Liebkosungen fertig seid, können wir ja vielleicht zum Geschäftlichen ...«
»Du hältst jetzt mal die Luft an«, sagte Baumann trocken.
»Also«, fuhr er fort, »warum bist du zurück?«
»Ihr versaut das ja doch allein.«
Mit einem Blick zur Seite stellte Baumann fest, dass Menno grinste.
»Aha. Und warum dieses Kellerloch?«
»Weil hier unser Reprokram ist«, sagte Flex.
»Wo?«, entgegnete Baumann.
»Na hier.«
Säcke, Kisten, Staub. Baumann sah kein verbotenes Hightech-Equipment, wie es zur privaten Reprogrammierung eines Körpernetzes oder P-LAN notwendig war. Er kam sich langsam albern vor. Vielleicht sollte das ein Scherz sein?
»Ich glaube, ich geh dann jetzt mal lieber«, sagte er.
Menno grinste.
»Nicht so eilig, Herr Baumann«, sagte er, »Sie brauchen noch eine neue Aura.«
Und dann fingen die beiden Piraten mit der Arbeit an. Aus vier verstaubten Weinkisten bauten sie eine Liege. Die Kartoffelsäcke ließen sich auffalten, sie schienen bei genauerer Betrachtung nicht aus Sackleinen, sondern aus einem etwas leichteren Material zu sein und hier und da schimmerte etwas Silbriges durch, was ganz und gar nicht nach Kartoffelsack aussah. Ein paar in einer Ecke gestapelte Backsteine konnte man offenbar zusammenstecken. Flex betätigte an

dem so entstandenen Gebilde einen knackenden Schalter, und zwischen den Ritzen, da, wo bei einer Backsteinmauer der Mörtel gewesen wäre, leuchtete blaues Licht von erstaunlicher Intensität auf. Die Kartoffelsäcke wurden an mehreren in der Decke sitzenden Haken befestigt, so dass sie wie Zeltbahnen über die Weinkistenliege herabfielen. Das Backsteingebilde wurde anscheinend über veraltete Autostarterkabel mit der Liege verbunden. All das ging sehr schnell und routiniert vor sich und Baumann hatte so fasziniert zugesehen, dass er beinahe wie aus einem Traum hochschrak, als Menno ihn aufforderte:

»Wenn ich Sie dann bitten dürfte?«

Die Weinkisten sahen aus, als könnten sie nicht einmal das Gewicht von Menno oder Flex tragen. Trotzdem knackten sie nicht, als Baumann sich hinlegte. Er lag unter dem Zelt und schaute nach oben. Es roch nach angeschimmeltem Sackleinen. Er konnte die beiden Piraten nicht sehen. Was, wenn sie ihn nur deshalb hierhergelockt hatten, um ihn alle zu machen? Um ihn abzuschlachten, auszuplündern und in diesem Haus zu vergessen, wo ihn niemand je finden würde?

»Bitte jetzt ganz ruhig atmen und keine plötzlichen Bewegungen machen.«

Die Stimme Mennos klang wie die einer routinierten Krankenschwester. Baumann gehorchte. Er spürte nichts außer seinem Herzschlag. Vielleicht zehn Atemzüge später hörte er Menno noch einmal.

»Das wär's dann«, sagte er. »Sie können sich aufsetzen.«

Die Kartoffelsack-Zeltbahnen um ihn herum wurden entfernt. Flex und Menno verteilten sie anscheinend achtlos im Raum, während er sich aufrichtete. Die Kabel wurden abgezogen, das Backsteingerät wurde zerlegt, Baumann stand auf, und die Weinkisten wurden zu einem schlampigen Stapel aufgetürmt, genau dort, wo sie vorher gewesen waren.

»Okay, Freunde«, sagte Baumann. »Ihr habt euren Spaß gehabt. Sehr komisch. Ich gehe jetzt. Hasta la vista.«

»In Ordnung, Herr Müller«, sagte Menno, diesmal ernst. »Vergessen Sie bitte nicht, Ihren OmniK upzudaten. Tun Sie es gleich auf dem Weg nach draußen. Wie würde das aussehen, wenn Ihre ehemaligen Kollegen Sie im Besitz des OmniKs von Ralf Baumann antreffen würden? Höchst verdächtig. Ach, und verändern Sie auch Ihr Äußeres. Kleidung, Haartracht und so weiter. Manchmal arbeitet die Polizei ja noch mit so was Altmodischem wie Steckbriefen.«

»Du mich auch«, sagte Baumann. Er ließ die Tür offen stehen. Sicherheitshalber schaltete er seinen OmniK in den Update-Modus.

Daheim stellte er fest, dass das eine gute Entscheidung gewesen war. Er war nicht mehr Ralf Baumann. Er war jetzt Peter Müller, freischaffender Sicherheitsexperte für die SecurAG. Über diesen kleinen Scherz musste er trotz seiner Verblüffung lachen. Das passte zu gut, das war zu smart von den Piraten. Noch immer kopfschüttelnd öffnete er den seit Wochen gepackt bereitstehenden Koffer und verstaute die Box darin. Bevor er ging, prüfte er sich noch einmal im Spiegel. Menno hatte Recht, ihm zu raten, sein Äußeres musste verändert werden. Schade eigentlich, denn in diesem Augenblick fühlte er sich prima: Sein markantes Gesicht, die braunen Augen, die raspelkurzen Haare, das stimmte schon alles. Na, für die Kostümparty war noch Zeit, er hatte sich doch gerade eben erst aus dem Polizeidienst zurückgezogen, um ein neues Leben zu beginnen. Er ließ den Schlüssel in der Wohnung, die Tür fiel zu. Ralf Baumann war ab sofort unbekannt verzogen.

Der Küsser

Rendezvous um 14.15 Uhr am Görlitzer Bahnhof, aber die Bahn stand seit zehn Minuten. Die Uhr zeigte 14.11 Uhr. War die Linie blockiert? Wenn es ein Selbstmord war, würde sie das Date verpassen. In der Szene galt Pünktlichkeit als die wichtigste aller Sicherheitsvorkehrungen. Zu Fuß hatte sie keine Chance, sie war zu weit weg vom Görlitzer Bahnhof. Wenn das Date platzte, gab es Abzug. Wer zu spät kam, war schuld, Punkt. Und wer schuld war, musste ein Ersatzdate mit dem Kontakt organisieren und Wiedergutmachung leisten, in Daten oder Geld. So war das geregelt und über die Regeln wurde nicht gestritten, sie wurden befolgt. Paula sah aus dem Fenster auf den Bahnsteig. Dann checkte sie ihr Spiegelbild in der Glasscheibe. Heute sah sie aus wie eine Schülerin auf dem Weg zu ihrem Freund: glatte schwarze Haare, saubere, etwas verknitterte Bluse, der gute Rucksack. Ihr Vater, den sie nur selten sah, weil er beschäftigt war, hatte schon lange aufgehört sich über ihr wechselndes Styling zu wundern. Allenfalls fragte er: »Hat man das jetzt so?« Paula glaubte manchmal, dass er etwas ahnte. Aber er fragte sie nie und von sich aus hätte sie nie gebeichtet. Auch das war ein Teil des Kodexes: Niemals gegenüber einem Außenseiter irgendetwas zugeben. Der Zug ruckte an, Paula atmete aus. Jetzt konnte sie es noch schaffen. Ohne Abzug.

Am Görlitzer Bahnhof stieg sie aus und wäre beinahe einem Kleeblatt in die Arme gelaufen. »Kleeblätter« hießen die Dreiergruppen von grün uniformierten Fahrkartenkontrolleuren, meistens miese Hilfsbullen-Naturen mit dicken Muskeln aus der Schwitzbude. Paula hatte keine Angst vor ihnen, sie war keine Ausländerin, und ihre Fahrerlaubnis war immer auf einem Niveau gefälscht, für das die grünen Nervensägen einfach nicht das richtige Equipment hatten. Das hatte nur die DaSi, Paulas eigentlicher Fressfeind, der Fressfeind aller Piraten. Sie sprang die Treppe hinunter, sie wollte auf keinen Fall jetzt noch zu spät kommen. 14.14 Uhr. Ein Zug donnerte über die Brücke. An den Pfeilern hatten sich ein paar Gelöschte versammelt und bettelten um Hartgeld und Essen. Wie jedes Mal, wenn sie Gelöschte sah, keimten Angst und Schuld in ihr auf, aber sie hatte jetzt keine Zeit dafür, sie musste ihren Kontakt finden. Kein Junge mit heller Jacke zu sehen.

»Hallo«, sagte jemand direkt hinter ihr und sie drehte sich ruckartig um.

Helle Jacke, Haare schulterlang, etwas größer als sie: ihr Kontakt. Er lächelte, er hatte Grübchen beim Lächeln. Er trug einen Rosenstrauß in der Hand.

»Wie geht's?«, fragte er sie. Dann umarmte er sie und sie küssten sich. In dem Moment, als sie sich voneinander lösen wollten, sah Paula aus den Augenwinkeln zwei Polizisten näher kommen; sie flüsterte: »Bullen«, und küsste ihn noch einmal, leidenschaftlich jetzt, wie nach einer längeren Trennung. Die Polizisten gingen an ihnen vorbei, ganz nah. Man konnte die Funkgeräte quaken hören. Paula wusste: Ihre Aura und die ihres Kontakts waren gerade kaum zu lesen, weil sie einander so nah waren. Ihre Auren durchdrangen einander, erzeugten wechselseitige Echos; hätte sie mit dem Fremden in diesem Moment geschlafen, wären ihre Auren nahezu miteinander verschmolzen. Es gab Bullen, die waren darauf spezialisiert, küssende Paare auf der Straße auseinanderzuziehen, »Stehense ma 'n bisschen weiter auseinander, Personenkontrolle.« Anderen wiederum war das zu peinlich oder sie waren zu faul. Paula hoffte, dass sie nicht schon wieder Pech hatte, wie bei der Lovebox.

Der Junge löste sich langsam von ihr.

»Ich glaube, sie sind weg«, sagte er lachend. Paula lachte auch. Sie spielten noch ein wenig Liebespaar, liefen Hand in Hand den halben Kilometer bis zum Kottbusser Tor. Vor dem Abschied sagte er:

»Die neue Saints kommt in drei Wochen.«

»Woher weißt du das?«

»Buschtrommel.«

Paula nickte, sie ging kommentarlos. Als sie sich setzte, um auf den nächsten Zug zu warten, spürte sie den leichten Druck des Datenträgers in ihrer rechten Jackentasche. Sie ließ ihn dort, bis sie bei Flex angekommen war.

Paulas Blick fiel auf den Panikschalter, den Flex immer in der Nähe hatte, wenn er bei sich daheim war. Der war nichts anderes als eine komplex programmierte Fernbedienung, die innerhalb von zehn Sekunden alles unwiederbringlich löschen konnte, was er an Daten in seinen verschiedenen Computern und in seinem P-LAN gespeichert hatte, gewissermaßen der große Radiergummi für alle Sorten von Geheimpapieren. Seine Mutter hatte sich immer gewundert, warum er unbedingt in ein Zimmer ohne Fenster ziehen wollte und es auch noch selbst mit seinen Freunden tapeziert hatte. Nun, das war so: Durch Wände musste man sich bohren, sägen oder sogar sprengen, bei Fenstern war das im Regelfall nicht notwendig. Die unauffällige Tapete war eine verbotene Sonderanfertigung, das eingewirkte leitende Material machte aus Flex' Jugendzimmer einen undurchdringlichen Faraday'schen Käfig, der selbst ausgeklügelten Lauschattacken widerstand, aber nach außen hin ein total normales Strahlungsprofil simulierte. Dagegen konnte nicht einmal die DaSi an.

Flex war übervorsichtig. Paula und Menno schätzten das sehr. Seine Mutter hingegen war vollkommen ahnungslos.

»Wir sind reich beschenkt worden«, sagte Flex und zeigte mit seinem Laserpointer auf ein Bildschirmfenster an der Zimmerwand. Paula schrak auf. Sie war ein wenig träumerisch gestimmt, der fremde Pirat hatte wirklich außerordentlich gut geküsst. Aber was sie da an der Wand sah, brachte sie schnell auf andere Gedanken. Sie hatte reiche Beute gemacht – mehrere Filme in bester Qualität, die erst in einigen Monaten in die Kinos kamen, Cracks von Musikalben, die bisher nicht zu haben gewesen waren, weil man ihren Kopierschutz erst hatte runterrechnen müssen, und anderes digitales Kulturgut, das viel Anerkennung im Tausch brachte. Aber da war noch eine andere Datei gewesen, auf die die beiden sich zuerst keinen Reim machen konnten. Die Projektion an der Wand zeigte: Sie enthielt Kreditkartennummern und Passwörter. Flex schloss die Datei sofort, löschte sie auf seinem System, löschte den Datenträger. Alles ohne Kommentar.

»Scheiße«, sagte Paula. Natürlich gab es die Regel, dass Daten wie Kreditkartennummern nicht tauschbar waren, dass normale, kommerzielle Kriminalität für die Piraten kein Thema war. Natürlich versuchten manche doch, über solche Tricks an Geld heranzukommen. Aber dass gerade der sympathische Küsser mit so einem Dreck ankam, fand sie sehr enttäuschend.

»Das gibt Abzug«, sagte Flex.

»Und wie. Fett. Gleich mal durchgeben, dass da einer dummes Zeug macht.«

Die geklauten Kreditkartennummern würden für den süßen Typen und seine Freunde nicht ohne Folgen bleiben. Kleine Rüge im ganzen Netz; wenn es noch mal vorkam, Tauschpause von einer Woche bis endgültig.

Flex nahm die Scheibe aus dem Laufwerk und zerraspelte sie in einem Küchengerät, das er selbst zu diesem Zweck umgebaut hatte. Später würde er den Plastikstaub an einem Ort entsorgen, den er sogar vor Paula und Menno geheim hielt.

»Was macht eigentlich Baumann?«

»Der Sicherheitsexperte Müller? Keine Ahnung. Wahrscheinlich würde uns Menno informieren, wenn er was wüsste. Sind ja ganz dicke Soße, die beiden.«

Flex war immer noch sauer auf Menno. Und das mit gutem Grund, wie Paula fand.

Das Päckchen

Baumann hatte einen Verdacht. Bisher hatte er immer geglaubt, dass seine Auftraggeber zu den Sicherheitskräften gehörten, also aus den eigenen Reihen stammten. Und während der ganzen Zeit, die er als Schläfer in dieser Polizeiwache verbracht hatte, hatten sie sich auch so verhalten. Berichte, kurze Anfragen, Botendienste, die ihm klarmachten, dass er gebraucht wurde, Briefings über die Sicherheitsvorkehrungen, die er eines Tages würde umgehen müssen, und monatliche Überweisungen, die gerade hoch genug waren, um nicht uninteressant zu sein für einen Polizisten, aber bei weitem nicht an das herankamen, was ihm für den Fall des Erfolgs versprochen wurde. Im Grunde hatte er immer an eine einfache Undercovergeschichte geglaubt: das Piratenmilieu infiltrieren, ein paar kleinere Straftaten provozieren und dann einen Teil des Netzwerks ausheben, großer Presserummel, entscheidender Schlag gegen die Raubkopiererszene, Klappe zu, Affe tot. Er war angeworben worden, man hatte ihn bezahlt, und er hatte getan, was von ihm verlangt worden war. Aber seit die Sache richtig ins Rollen gekommen war, seit er Paula hatte laufenlassen, seit er sich das Vertrauen der Piraten erschlichen hatte, war er sich nicht mehr sicher. Die Leute, die er davor zu monatlichen Auftragsbesprechungen getroffen hatte, waren eindeutig Bullen gewesen wie er. Die Leute, mit denen er sich jetzt fast täglich traf, waren eindeutig keine Bullen. Kein Hauch von Korruption und Zynismus umgab sie, da gab es keine Hemdsärmeligkeit, keinen Untertanenhumor, nein, das waren keine Bullen. Glatt waren sie, freundlich und glatt, wesentlich smarter als die Typen, die ihn vorher begleitet hatten. Besser angezogen. Unauffälliger bewaffnet. Ein wenig erinnerten sie an die DaSi, aber sie strahlten etwas aus, was er an den Spezialisten von der DaSi noch nie wahrgenommen hatte: eine Freude, eine gespannte Erwartung, die er sich nicht richtig erklären konnte. Die Treffpunkte wechselten jetzt. Vorher war es immer ein und dasselbe leicht schäbige Hotel an der Frankfurter Allee gewesen, jetzt brauchte er insgesamt fünf Telefonnummern und genauso viele U-Bahn-Linien, um Kontakt zu halten.

Er klopfte an die Tür, sie ging sofort auf. In dem großen, ziemlich edel möblierten Zimmer warteten fünf Kerle auf ihn.

»Guten Tag, Baumann«, sagte einer von ihnen. Der teure braunlederne Fernsehsessel, in dem er saß, wippte leicht vor und zurück. Der Typ hielt ein Glas Mineralwasser in der Hand. Er stand nicht auf. Baumann setzte sich nicht auf den einzigen freien Stuhl in der Nähe des Fernsehers.

»Reden wir nicht lang drum herum«, sagte der Mineralwassertrinker. »Wir sind bald so weit. Was machen Ihre Piraten?«

»Das Übliche, nehme ich an«, entgegnete Baumann, dem es nicht gefiel, dass von »seinen Piraten« gesprochen wurde. Eure sind das, dachte er, eure.

»Und selber?«

Glas zum Mund, Mineralwasserschlückchen, Glas wieder ab.

»Alles prima im neuen Leben? Keine Nebenwirkungen? Netz auf der Höhe?«
»Und wie«, antwortete Baumann. Sein P-LAN lief störungsfrei, in der Tat so störungsfrei, dass er befürchtete, es könne bald irgendjemandem auffallen. Flex musste ein Genie sein.
»Man weiß nicht, was diese Kinder so draufhaben. Ein Risiko ist schon dabei.«
Was soll das?, dachte Baumann. Was ist das für ein Geschwätz?
»Wann liefern Sie das Päckchen ab?«
»Übermorgen. Wir treffen uns in einem ihrer Käfige, wahrscheinlich werden außer meinen Kontaktpersonen noch andere anwesend sein, um eine ausreichende Grundlage für die Verteilung im Netz zu gewährleisten.«
»Gut. Merken Sie sich alles, schreiben Sie einen Bericht. Und seien Sie vorsichtig. Sie wissen, dass wir diskret sein müssen.«
»Sicher«, sagte Baumann. Der Mineralwassertrinker und seine vier Kollegen sahen ihn froh und erwartungsvoll an. Wie einen Kandidaten, von dem sie schon wissen, dass er besonders gute Leistungen erbringen wird. Baumann drehte sich um und ging. Was für eine Freakshow, dachte er auf der Treppe nach unten.
Der Käfig funktionierte nach demselben Prinzip wie die Abschirmung in Flex' Zimmer. Hightech-Faraday – nichts wurde nach draußen gelassen außer einer Strahlungssignatur, die sogar die fortgeschrittensten Scanner der DaSi für normal hielten. Das Errichten und Betreiben von Käfigen galt als »Info-Terrorismus«, weil die Käfige die notwendige

Voraussetzung für die Existenz des Piratenuntergrunds waren. Ohne sie wäre der Datentausch über die Körpernetze nur in der Öffentlichkeit möglich gewesen. Seit der Einführung der offenen und verdeckten P-LAN-Überwachung an allen denkbaren und undenkbaren Plätzen, vom Einkaufszentrum bis zum Kneipenklo, war der ungeschützte Tausch heißer Daten ein nahezu sicheres Ticket für die Löschung, wie gering man die Reichweite auch hielt.

Zum Glück für Menno, Paula, Flex und alle anderen Piraten konnte man relativ schnell hochsichere Käfige an wechselnden Standorten aufbauen. Die benötigte Ausrüstung ließ sich zum Beispiel sehr gut in Kisten und Boxen transportieren, wie sie von Musikern für ihre Instrumente und Verstärker benützt wurden. Man konnte also mit einer »Band« von vier bis fünf geübten Leuten einen voll funktionsfähigen Käfig etwa in einer Stunde auf- und in der gleichen Zeit wieder abbauen, demgemäß waren Probenräume für Bands oft die besten Tarneinrichtungen für Piraten, die Daten tauschen wollten.

Der Keller lag nah am Teltow-Kanal, er war muffig und feucht, ein richtiges Dreckloch. Paula fragte sich, wie echte Musiker so was aushielten, und hoffte, die empfindliche Technik würde keinen Schaden nehmen. Sie stimmte ihre Gitarre. Sie würden wie immer ein wenig Krach machen müssen, der Tarnung wegen. Und das ging nicht überzeugend mit Aufzeichnungen. Sie mussten wirklich üben. Paula fand es witzig, dass ihr Zusammenspiel immer besser wurde, und ihr Gejaule konnte man fast schon als Gesang bezeichnen. Nicht mehr lange und sie würden als echte Band auftreten können. Menno steckte die Elemente seines

Drumkits zusammen, hauchfeine Folien an Sensorköpfen, mit denen man unglaubliche Soli vom Stapel lassen konnte. Flex war mit seinen Keyboards beschäftigt, faltbare Tastaturen voller hoch entwickelter Elektronik, die in einem kleinen Rucksack transportiert werden konnten, aber professionellen Ansprüchen durchaus genügt hätten. Er ging kurz nach draußen und prüfte, ob der Käfig tatsächlich dicht war. Als er zurückkam, schien er zufrieden.

Menno hatte darauf bestanden, Baumann mit den anderen Piraten bekannt zu machen, die er zu der Käfigsession eingeladen hatte. Baumann saß in einer Ecke des Probenraums und tat gar nichts. Er hatte einen Koffer zwischen den Knien, der gerade eben unter seinen Stuhl passte. Er wirkte harmlos, aber Paula sah sofort, dass Baumann diesen Koffer nur über seine Leiche hergegeben hätte.

Kaum waren die ersten Mitglieder der anderen Clans eingetroffen, machte sich wegen der Anwesenheit Baumanns Unruhe breit, denn jeder Pirat erkannte in ihm sofort einen Bullen. Nota, Hyper, die Schmidts, Emily, Jochen, Insta-L, Andy und Edzio, Yüksel und Ercü mochten sonst so verschieden sein, wie sie wollten, Baumann machte sie gleich nervös. Sie tuschelten und warfen sich bedeutsame Blicke zu. Edzio hielt sogar die Tür auf, um im Notfall schneller abhauen zu können. Baumann tat so, als sei nichts, Menno trommelte auf seinem Drumkit herum, Flex spielte sich mit gerunzelter Stirn warm und er spielte ziemlich falsch. Paula wurde immer nervöser. Seit wann hatten sie eigentlich diese Probleme? Seit sie, Paula, sich hatte erwischen lassen. Seit sie ihre Freiheit Baumann verdankte.

»Aufhören«, schrie Ercü. Er war der Anführer der Türkboys, die hauptsächlich in Friedrichshain ihre Basis hatten. Ercü war gut im Schreien. Er war auch gut in Technik, fast so gut wie Flex. Auf Ercü war Verlass, auf ihn wurde gehört. Paula hörte auf, Flex hörte auf und auch Menno ließ das Getrommel sein.

»Soll 'n die Scheiße?«, fragte Ercü. »Wer hat den Bullen hier reingelassen?«

Menno warf seine Drumsticks so hin, dass sie über den Boden klapperten. »Mach doch mal die Tür zu, Edzio, es zieht«, sagte Menno. »Der Bulle hier behauptet, er sei ein Feuerwehrmann. Bis jetzt spricht nichts dagegen. Er ist brav. Er hat Paula aus der Klemme geholfen, wir helfen ihm dafür, eine neue Karriere zu starten. Ich habe ihn heute Abend eingeladen, damit wir ihn ein wenig erkennungsdienstlich behandeln. Es könnte ja sein, er verarscht uns. Ihr macht ein paar Bilder von ihm, nehmt sie mit nach Hause, diskutiert sie mit euren Freunden. Fragt, ob ihn wer kennt. Ob er sich schon woanders als Feuerwehrmann und Piratenhelfer beworben hat. Ihr macht natürlich nicht nur Bilder. Ihr checkt sein Netz aus, bis unter die neue Aura, die wir ihm übergezogen haben. Vielleicht sind die Prüfsummen irgendwo geloggt, vielleicht gibt es einen Netzabdruck von ihm in einer unserer Spitzelkarteien. Wenn das der Fall ist, dann lassen wir die Uhr einfach laufen.«

Er machte eine Kunstpause und sah zu Baumann hinüber.

»Dann lassen wir die Uhr einfach laufen und in drei Tagen wird er automatisch tiefengelöscht, weil unser guter Flex hier einen Zeitzünder in Baumanns P-LAN installiert hat, den nur er wieder abschalten kann.«

Baumann reagierte nicht. Das fand Paula unheimlich. Menno hatte ihm gerade eben mit *Tiefenlöschung* gedroht und er nahm es gelassen. Vielleicht glaubte er nicht an die Drohung? Paula nahm sie ernst. Menno sagte solche Sachen nicht einfach so.

»Super Rede«, knurrte Ercü. »Und wozu der ganze Aufwand?«

»Wie wär's mit Dankbarkeit?«, frotzelte Menno. »Baumann hier hat unsere Paula vor der sicheren Löschung gerettet. Und er meint, er habe uns etwas anzubieten. Er hat es dabei, in seinem Koffer da. Und wenn ihr nachher gegangen seid, werden wir drei uns das genauer ansehen. Eine Eingebung sagt mir, dass es etwas Außergewöhnliches ist. Ich bin neugierig.«

»Dankbarkeit, Eingebung und Neugier«, warf Ercü ein. »Wenn das hier schiefgeht, Kollege, wirst du tiefengelöscht. Und zwar von mir. Körperlich.«

Auch das war keine leere Drohung, wie Paula wusste. Was die Konsequenz anging, war Ercü Menno ziemlich ähnlich. Paula musste schlucken. Ercü zückte seinen OmniK, um Baumann zu fotografieren und auratisch abzutasten. Alle anderen taten es ihm nach. Ein seltsames Bild, wie all die Jugendlichen mit ihren OmniKs an Baumann entlangwedelten wie Flughafenangestellte mit Metalldetektoren. Baumann reagierte nicht und blickte ins Leere.

»Wunderbar«, rief Menno, als alle fertig waren. »Zeit für ein wenig Musik.«

Er, Paula und Flex fingen mit ihrem Übungs-Set an, einfaches Zeug, das Menno ausgebuddelt hatte. Als Schülerband wären sie immer durchgegangen. Während sie spielten, lu-

den die anderen die Daten, die Paula von dem Küsser bekommen hatte, auf ihre OmniKs. Feeder war Flex. Weil nicht alle Geräte gleich leistungsfähig waren, dauerte das unterschiedlich lange, der Abgleich zwischen Körpernetzen und OmniKs brauchte noch einmal seine Zeit. Paula war mulmig zu Mute. Sie schrammelte auf ihrer Gitarre herum, versuchte im Takt zu bleiben und gleichzeitig alles im Auge zu behalten. Baumann wippte mit einem Fuß. Ercü, der wahrscheinlich bis an die Zähne bewaffnet war, ließ Baumann praktisch keine Sekunde aus den Augen. Die anderen Gäste waren ein wenig lockerer, aber nicht viel. Menno markierte wie üblich den professionellen Schlagzeuger (er war sicher auch der beste Musiker von den dreien) und dirigierte die Band durch die Setlist. Mehrfach musste ein Stück abgebrochen und neu begonnen werden, schließlich war man beim Üben. Nach einer halben Stunde waren sie fertig. Meistens feierten die Piraten nach beendeter Datenübertragung noch ein bisschen. Aber heute brachen die Gäste schnell auf.
»Okay«, sagte Menno, als die anderen verschwunden waren, »jetzt zu uns, Baumann.«
Baumann zog kommentarlos einen der zwei schmutzigen und wackeligen Tische ins Licht des einen guten Scheinwerfers und legte seinen Koffer darauf ab. Er öffnete ihn und nahm ein schwarz-rotes Kästchen heraus, sehr schick geformt, neu, ohne eine sichtbare Schnittstelle. Das Modell war eher rar: Ladybugs von U-store waren für normale Datenpiraten einfach zu teuer, sie galten als extrem zuverlässig und langlebig, für Datenspeicherung und -transport gab es nichts Besseres.

»Beeindruckend«, sagte Menno kühl. »Aber was ist da drauf?«

Baumann schnaubte. Paula fürchtete, dass er Menno irgendwann eine knallen würde.

»Was da drauf ist, willst du wissen, ja? Erst mal müssen wir hier ein paar Sachen klarstellen. Ich hab bisher euer Spielchen mitgespielt, aber jetzt ist Schluss mit lustig. Wenn ihr mich für einen Feuerwehrmann haltet, der euch aus Idealismus hilft, dann ist das euer Problem. Ich bin keiner.«

Paula dachte: Scheiße. Rund um den Tisch herrschte Stille. Auch Menno sah jetzt nicht mehr glücklich aus. Flex schien bereit jederzeit von seinem Stuhl aufzuspringen und zur Tür zu rennen.

»Aber ihr müsst euch nicht gleich ins Hemd machen.« Baumann grinste. »Ich bin nicht hier, um euch an die DaSi weiterzureichen, euch und eure energischen Freunde. Ich bin als Läufer hier.«

Flex setzte sich wieder hin, Menno atmete aus, Paula versuchte zu verstehen, was sie gerade gehört hatte. Läufer waren kommerzielle Agenten, die die Verbindung zwischen weit voneinander entfernt agierenden Piratengruppen überbrückten. Das Internet war total kontrolliert, die P-LANs konnten nur unter erschwerten Bedingungen und im direkten Kontakt benutzt werden, und wenn es auch meistens überraschend schnell ging, dass illegale Datenwaren von einem Ende der Welt zum anderen durchdrangen, ging es manchem nicht schnell genug. Eine gewisse Abschottung einzelner Piratengruppen war auf Grund der nötigen Geheimhaltung und der technischen Gegebenheiten unver-

meidlich. Läufer machten die Botendienste, natürlich für Geld.
»Ich vertrete einige französische Piratengruppen, die gern mit deutschen in Kontakt kommen würden. Das hier«, er zeigte auf den Ladybug, »haben sie zu bieten.«
»Sehr schön«, sagte Menno. Seine übliche Arroganz war zurück. »Jetzt wissen wir immer noch nicht, was da drauf ist.«
»Werdet ihr ja sehen«, sagte Baumann. Stand auf. Klappte seinen Koffer zusammen und ging zur Tür.
»Wir sehen uns in drei Tagen im Keller«, sagte er, die Klinke in der Hand. »Dann pult ihr mir den Mist raus, den ihr in mein Körpernetz geschmuggelt habt. Und ihr sagt mir, ob ihr einen Deal mit den Franzosen wollt.«
Er wollte gehen.
»Woran sind denn deine Franzosen so interessiert, Baumann?«, fragte Menno.
»An allem«, lautete die Antwort.
Die Tür fiel ins Schloss. Die drei Piraten blickten einander ratlos an.

Infektion

»Wir können heute nicht«, sagte Menno. Er hatte Mühe, seine Enttäuschung zu verbergen.

»Und warum?«, fragte Flex.

»Hausarrest.«

Paula und Flex stöhnten.

»Was war's diesmal?«, fragte Paula. »Pornos auf dem Heimrechner? Schlüssel vergessen, Scheibe eingeschlagen? Oder Muttis kalt gestellten Schampus leer gesoffen?«

Menno lächelte. Wie Paula sich sein Leben vorstellte, das war manchmal schon abenteuerlich.

»Nichts davon. Mein bundestagsabgeordneter Vater hat ein wenig Zeit gefunden, sich mit meinen schulischen Leistungen zu beschäftigen. Er ist nicht zufrieden. ›Mangelhafte Schulleistungen – mangelnde Freiheit‹, meint er. Ich soll besser lernen.«

»Ich sag dir doch, dass ich das hätte hinbiegen können mit den zwei Tests in Geschichte und Life Sciences.«

»Und ich sag dir – übrigens nicht zum ersten Mal –, dass du deine Finger davon lassen sollst.«

Eigentlich wäre es ja kein Problem gewesen, an Flex' Testergebnissen herumzudoktern, wenn es sich nur um ein paar Pünktchen drehte. Alle Leistungskontrollen wurden automatisch durchgeführt und ausgewertet. Lehrer gab es fast nur noch in den Förderkursen. Die Schüler gingen überhaupt nur noch zur Schule, um »Sozialkompetenz« zu lernen. Aber weil die DaSi nicht zu Unrecht in den Schulen

Brutstätten des Piratenuntergrunds vermutete, schnüffelte sie dort besonders gerne herum. Menno glaubte, dass sie direkten Zugriff auf alle Schuldaten hatte.

Es begann zu regnen.

»Da kommen sie«, sagte Menno und er spürte, wie sich sein Körper unwillkürlich anspannte. Zwei besonders beeindruckende Vertreter der Schulpolizei schoben sich durch die Menge. Die Schulpolizei war auch eine Abteilung der SecurAG und Privatleute konnten Schulpolizisten mieten. Sein Vater machte das immer dann, wenn er seinen freiheitsentziehenden Maßnahmen Nachdruck verleihen wollte. Die Bullen fanden problemlos ihren Weg, weil Menno auf dem Schulhof (den er immer den »Friedhof« nannte) seine legale Aura trug – wie Flex und Paula auch.

»Nicht mehr lange, Freunde, nicht mehr lange«, sagte Menno und meinte damit die Tatsache, dass er bald sechzehn wurde.

»Manfred Bogenschütz?«, knurrte einer der Bullen, als er nahe genug war.

»Yep«, sagte Menno cool.

»Mitkommen. Wir bringen Sie nach Hause.«

»Schade. Ich dachte, ihr beiden wolltet mit mir ins Freibad gehen.«

»Sehr witzig«, sagte SchuPo2 und packte ihn am Arm. Körperliche Zwangsmaßnahmen waren bei der Schulpolizei eine Serviceleistung, die vom Auftraggeber extra genehmigt und bezahlt werden musste – sein Vater war also ernsthaft besorgt über seine schulischen Leistungen.

Flex und Paula würden ihren Nachmittag umgestalten müssen.

Baumann fand den Regen passend. Eigentlich war alles bis jetzt prima gelaufen. Er hatte die Piratencrew aufgetan, ihr Vertrauen gewonnen und sogar schon das Paket abgeliefert. Wahrscheinlich würde er in ein paar Tagen sein Honorar einstreichen und erst einmal in Urlaub fahren. Die Pressemeldungen über den erfolgreichen Schlag gegen eine Bande von gefährlichen Datenpiraten waren wahrscheinlich schon formuliert, ein DaSi-Team zur Nachbereitung der Aktion stand bereit, nur die Piraten, ihre Eltern, ihre Freunde wussten noch nichts von ihrem Glück. Es würde bald Tränen geben, und bei geschicktem Marketing waren auch ein paar Euro für nähere Verwandte und Bekannte der Täter zu verdienen; die Medien waren für Homestorys aus dem Umfeld immer zu haben. So war die Welt; er, Baumann, konnte nichts dagegen tun, sondern wollte die Chancen nutzen, die sich ihm boten. Nach dem Urlaub würde er sich mit der neuen Identität, die ihm die Piraten verschafft hatten, einen neuen Job suchen. Auren galten immer noch als fälschungssicher. Und er hatte jetzt eine neue. Was den Arbeitsmarkt anging, hieß er jetzt Müller. Theoretisch konnte er auch bei seinen derzeitigen Auftraggebern um eine Festanstellung bitten.
Er wurde nur das Gefühl nicht los, dass mit seinen derzeitigen Auftraggebern etwas nicht stimmte. Da hatte er also seinen Kontakt angerufen, um über das Treffen im Käfig zu berichten, über Ercü, den Transfer des Ladybugs, vor allem aber über Mennos Behauptung, dass ihm eine Laus im Pelz saß. Das war doch eine interessante Behauptung, aber sein Kontakt hatte fast ein wenig gelangweilt gewirkt. Sicher, die Verabredung war zu Stande gekommen, da kam einer

dieser Anzugträger durch die Tür, die er schon neulich in dem Hotelzimmer gesehen hatte, und jetzt hielt er unauffällig Ausschau nach ihm, hatte ihn gesehen, kam an seinen Tisch. Aber irgendwie stimmte da was nicht. Baumann konnte es spüren.

»Guten Tag«, sagte der Kontakt.

»Was trinken Sie?«, antwortete Baumann.

»Nichts, danke. Ich bin in Eile. Also?«

Baumann löste den Augenkontakt und nahm einen Schluck Kaffee. Genießerisch. Nicht mit mir, Arschgesicht, dachte er.

»Ich brauche eine Netzprüfung«, sagte er dann. »Ich wüsste gerne, ob das stimmt, was dieser Menno da sagt. Müsste Sie doch auch interessieren.«

Der Kontakt blinzelte. Er war wirklich perfekt rasiert.

»Interesse. Ja. Aber denken Sie doch mal nach. Wir überprüfen Sie, und diese kleinen Trickser finden das irgendwie raus. Die haben Ihr Netz formatiert, vergessen Sie das nicht. Wir können keine Netzprüfung bei Ihnen machen. Jetzt nicht. Zu riskant. Noch was?«

»Das heißt, ihr seid euch nicht sicher, ob ihr diesen Freizeitelektronikern technisch gewachsen seid?«

»Auf breiter Front ja, in Details vielleicht nicht. Die sind ziemlich schlau, wissen Sie.«

Was du nicht sagst, dachte Baumann.

»Macht ihr den Zugriff im Keller?«

»Nein«, sagte der Kontakt kühl. »Warten Sie einfach die nächsten Anweisungen ab.«

Jetzt hatte Baumann endgültig genug. Er stand auf.

»Wiedersehen«, sagte er. »Bis die Tage.«

Er ging, gezahlt hatte er schon. Schlecht gelaunt stapfte er durch den Regen. Er ließ sich nicht gern von oben herab behandeln. Er begann zu zweifeln.

Paula kaute noch an ihrem Abendessen, während ihr Vater schon an der Spüle stand. Irgendwie fand Paula das unpassend. Sie hätten eine Spülmaschine haben sollen oder wenigstens dieses teure Geschirr, das schmutzabweisend und unzerstörbar war und in Form und Farbe verändert werden konnte, aber für so was fehlte das Geld. Ihr Vater hatte studiert, aber er arbeitete als Taxifahrer. Darüber hinaus hat er noch zwei andere Jobs; die Miete für die Dreizimmerwohnung wollte bezahlt sein.

»Machst du illegale Sachen?«, fragte er, ohne sich umzudrehen oder die Spülerei zu unterbrechen.

Paula glaubte zuerst, sie habe sich verhört.

»Was?«, fragte sie ehrlich erstaunt zurück. »Was denn für illegale Sachen?«

»Gestern, im Fernsehen.«

Jetzt drehte sich ihr Vater doch um, trocknete sich die Hände ab, überkreuzte die Arme vor seiner Brust, sah sie an. Er wirkte alt und müde.

»Da gab's eine Dokumentation über jugendliche Datenpiraten. Eines der Mädchen, die interviewt wurden, hat mich ziemlich an dich erinnert. Es hat dir geglichen.«

»Ja und?«, sagte Paula verärgert. »Wegen so was verdächtigst du mich?«

Ihr Vater zuckte die Achseln.

»Ich weiß nicht. Mir fällt nur auf, dass wir über gar nichts mehr reden. Wenn mich jemand fragen würde, was du so machst, hätte ich keine Antwort. Computer, das wär das

Erste, was mir einfällt. Eigentlich auch das Einzige. Vielleicht noch ein paar Bands, die mir zu laut sind. Ansonsten« er schaute zu Boden, »ansonsten sind wir uns ziemlich .. fremd geworden. Finde ich.«
Paula ahnte, dass sich ihr Vater auf dieses Gespräch vorbereitet, dass er lange auf eine passende Gelegenheit gewartet hatte, und das machte sie traurig. Gleichzeitig regten sich Trotz und Wut in ihr. Sie konnte sich nicht daran erinnern wann ihr Vater sie das letzte Mal auf diese Art angesprochen hatte. Musste ziemlich lange her sein. Zu beschäftigt der gute Mann. Jetzt auf einmal, aus dem Nichts, die große Gefühlsbreitseite. Da wollte sie nicht mitspielen. Der Trotz war gut: Er half ihr zu schweigen, hielt sie davon ab, ihrem Vater in einem Riesenschwall alles auf den Tisch zu packen alles zu erzählen, von Menno und Flex, von Baumann von dem Küsser, einfach alles. Das durfte nun einmal nicht sein.
»Wollen wir reden?«, fragte ihr Vater.
»Nein«, sagte Paula kühl, »heute nicht. Ich muss noch Hausaufgaben machen.«
Ihr Vater lächelte schief.
»Hausaufgaben. Ja natürlich. Die sind wichtig.«
Seine Verbitterung war mit Händen zu greifen. Er drehte sich um, spülte weiter.
Sie hatten Baumann im Keller von seinem angeblichen Zeitzünder befreit. In Wirklichkeit hatte es diesen Zeitzünder nie gegeben, aber der Lokaltermin im Keller war eine gute Gelegenheit gewesen, Baumann ein wenig zu seiner Tätigkeit als Läufer zu befragen. Baumann hatte kühl und flüssig geantwortet, hatte sich über seine Arbeit bei der

SecurAG ausgelassen, hatte erzählt, dass sie die ideale Tarnung für Kontaktversuche zur Piratenszene gewesen sei, und so fort. Es hatte nicht einstudiert oder widersprüchlich gewirkt und Flex hatte seine Zweifel an Baumanns Geschichten seiner ewigen Verfolgungsangst zugeschrieben. Paula und Menno glaubten ihm. Einem Mann, der an Geld interessiert sei, könne man trauen, hatte Menno gesagt, ein bisschen erinnere ihn dieser Baumann an seinen Vater: einen durchschaubaren Menschen, eine gute Seele.

Sie hatten den Keller aufgeräumt und abgeschlossen und waren auf getrennten Wegen in die Stadt zurückgekehrt, bereit für den nächsten Schritt. Und jetzt saß er, Flex, mit seinen beiden Freunden in seinem Zimmer um Baumanns Ladybug herum und sie erwarteten von ihm eine Aussage. Zur Sicherheit. Ob das Ding sauber war. Ob man die Schachtel aufmachen konnte, um zu sehen, was drin war.

Flex war in Nöten. Natürlich hatte er das Ding nach allen Regeln der Kunst überprüft. Und auch ein paar Tricks angewandt, die er sich selbst ausgedacht hatte. Es war sauber. So sauber, wie man es von Piratenkollegen erwarten konnte. Keine Viren, keine Tracker, keine Würmer, keine Trojaner, keine Verschlüsselungen der ungewöhnlichen Art, nichts, was nach Falle oder Betrug aussah, nichts, was seine Scanner auch nur im Geringsten verdächtig fanden. Sogar die französische Handschrift stimmte. Die verwendete Software zur Herstellung des Speicherimages deutete auf einen französischen Ursprung hin. Er hatte seine Tests vorwärts- und rückwärtslaufen lassen, er hatte alles dreifach geprüft und dann noch einmal, er hatte sogar das

Gehäuse des Ladybugs nach Hinweisen auf Beschiss abgesucht, die Seriennummer des Geräts in der Vertriebsdatenbank des Herstellers bis zu einem französischen Großhändler verfolgt, wo die Spur sich verloren hatte, er hatte den Datenträger auf die magnetischen Echos einer früheren Nutzung geprüft: nichts.

»Das Ding … scheint sauber zu sein«, sagte er. »Aber ich garantiere für nichts.«

»Flex«, sagte Menno gut gelaunt. »Wenn du ein Gebrauchtwagenhändler wärst, würd ich eher von dir was ohne Garantie kaufen als von Daimler-Mitsubishi-Chrysler einen Neuwagen mit zehn Jahren Rundumservice.«

Er zückte seinen OmniK und richtete ihn auf den Ladybug Paula machte es ihm nach. Flex auch, aber langsamer, zögerlicher.

»Bedenken?«, fragte Paula.

»Immer dieselben«, sagte Flex und drückte auf den Receive Knopf seines OmniKs. Menno lachte. Paula nicht. Der Ladybug begann an seinen Rändern rötlich zu glimmen, und was er in die Umwelt abzustrahlen hatte, nahmen die OmniKs der drei Piraten gehorsam auf.

Es dauerte gar nicht so lange, bis Übertragung, Prüfung und Weitergabe an die Körpernetze abgeschlossen waren. Vielleicht fünf Minuten. Der Ladybug hörte auf zu glimmen und Menno, Flex und Paula trugen je eine Kopie seines Inhalts an ihrem Leib und in ihren OmniKs.

»Okay, Freunde«, sagte Menno. »Dann wollen wir doch mal sehen.«

Offensichtlich entpackte er die empfangenen Dateien aus seinem Gerät. Und dann fiel ihm die Kinnlade runter. Flex

der noch nie gesehen hatte, wie Menno die Kinnlade runtergefallen war, geriet nahezu in Panik.
»Was ist, Menno? Was ist drauf?« Er schrie fast.
»Sag schon! Sag schon!« Paula war mindestens genauso beunruhigt wie Flex.
Menno blickte vom Bildschirm seines OmniKs auf und sah sie entgeistert an.
»Macht das mal auf. Ich glaub es nicht.« Dann navigierte er wieder auf dem Bildschirm herum.
Jetzt entpackten auch Flex und Paula hektisch die Dateien auf ihren Handrechnern.
Flex hatte die Ergebnisse zuerst auf dem Schirm. Sofort konnte er Mennos Verblüffung verstehen. Die Saints waren da, o ja. Aber anscheinend nicht nur dieses eine Album, das für den kommenden Monat angekündigt war, sondern auch zwei andere, von denen Flex noch nie gehört hatte, und er war der glühendste Saints-Fan von allen. Dazu eine Datei, die sich *Saints/Membrane* nannte. *Membrane* war der Codename einer revolutionären Multimedia-Dokumentation über die erste und einzige Welttournee der Saints von vor drei Jahren, eine Dokumentation, von der gerüchteweise immer mal wieder die Rede gewesen war, aber an deren Existenz kein vernünftiger Mensch je geglaubt hatte. Dann die nächste Überraschung. *Underworld/Stealth Warrior.* Fast noch beliebter als die Saints waren bei den Piraten die Spiele der *Underworld*-Serie, die vor etwa zwei Jahren eingestellt worden war, weil Mamora Oshii, der Schöpfer, Hauptprogrammierer und Konzeptzeichner, auf Nimmerwiedersehen verschwunden war. Es hatte Fan-Selbstmorde in diesem Zusammenhang gegeben, Verschwörungstheo-

rien gegen Konatendo, die Spielefirma, für die Mamora gearbeitet hatte, und immer noch wurde Mamora einmal wöchentlich irgendwo auf der Welt gesichtet, er war ein absoluter Mythos. Genau wie das *Stealth Warrior*-Spiel, das er angeblich kurz vor seinem Abgang fertig entwickelt hatte, das aber von Konatendo nie veröffentlicht worden war. Flex atmete tief durch. Das konnte wohl alles nicht gut sein. Ein Making-of gab es natürlich auch noch. Und »Mamora/pers.com«, was immer das sein mochte.

Paula und Menno sahen ihn an.

»Ich glaube, ihr wollt heute Nacht hierbleiben, oder?«

Und wie die beiden das wollten. Flex sagte seiner Mutter Bescheid und organisierte Schlafsäcke und Luftmatratzen, Mineralwasser, Pizza und Knabberzeug. Paula und Menno riefen nicht zu Hause an, um sich für die Nacht abzumelden. Wenn sie bis elf nicht daheim aufgetaucht waren, nahmen ihre Eltern ohnehin an, dass sie bei Flex waren.

Und dann badeten sie in Daten. Es war alles echt. Es war ein Traum. *Membrane* war deswegen nie veröffentlicht worden, weil es zu starker Tobak war. Zellakustische Klangexperimente mit Knochenmarksgewebe der Musiker, frisch auf der Bühne aus den Beckenknochen herauspunktiert, Dokumentation der Kehlkopftätigkeit beim Singen, aber aus dem Inneren des Kehlkopfs, dann wieder Gespräche über Origami und die UN-Tiefseekolonie in der Barentssee, lustige kleine Filmchen über die Bandmitglieder bei künstlerischen Tätigkeiten, in denen sie sich bisher noch überhaupt nicht hervorgetan hatten (wie z.B. Elfenbeinschnitzerei) und so weiter. Wildes, wirres, wunderbares Zeug, das für den Massenmarkt nicht taugte. Die Musik war unglaublich, die Band wurde immer besser; Flex, der jeden Song ängstlich auf seine Qualität prüfte wie ein Weintrinker verschiedene Jahrgänge seines Lieblingsweins, war tief beeindruckt, er empfand von Song zu Song ein stilles Entzücken.

Stealth Warrior ließ sich in einem Modus spielen, in dem die zusammengeschalteten OmniKs der drei Piraten eine holografische Bühne in die Luft zauberten, auf der sie ihren Kampf gegen die Bösen zu führen hatten. Sie waren *in* dem Spiel, ohne solchen Firlefanz wie Datenbrillen oder -handschuhe, ihre Körpernetze erzeugten im Zusammenhang mit der enormen Rechen- und Projektionsleistung der drei Handrechner eine Spielumgebung von erschreckender Lebensechtheit. Schon allein das Intro war von einer grafischen Qualität, wie sie die drei noch nie gesehen hatten. Die anderen Dateien belegten nebenbei, dass Mamora am Leben war und sich in aller Stille abgesetzt hatte, um allein an seiner *Underworld*-Serie weiterzuarbeiten. In mehreren Interviews sprach er sehr abfällig über Konatendo und warf der Firma vor, »seine künstlerische Vision unterdrückt und verändert zu haben«. Flex bemerkte die Begeisterung Paulas für diese Interviews, sie hatte immer geschworen, dass Mamora noch am Leben war. Die drei Piraten hörten, schauten, spielten, bis sie fast nicht mehr konnten. Am Ende hatten sie sich überfressen an Chips und Daten und rieben sich morgens um zwei die müden Schläfen.

Die Müdigkeit schien viel größer als sonst bei ihren nächtlichen Sitzungen. Als Flex aufstand, um aufs Klo zu gehen, fühlten sich seine Beine an wie schlecht miteinander verbundene Bleirohre, dickwandig, schwer, hohl. Ihn schwindelte über der Kloschüssel, er pisste daneben und hatte Mühe, alles wieder sauber aufzuwischen. Junge, Junge, dachte er, Junge, Junge. Viel mehr konnte er nicht denken, denn auch sein Gehirn schien in diesem Moment aus Blei zu sein. Auf dem Weg zurück in sein Zimmer begegnete ihm seine Mutter. Sie hatte ihn wahrscheinlich gehört und nachsehen wollen, was los war, und tat jetzt so, als müsse sie auch austreten. Die Farbe ihres Nachthemds irritierte ihn sehr, es schien zu leuchten. Er riss sich zusammen und versuchte nicht zu wanken, sein Lächeln fühlte sich an, als habe man ihm die Mundwinkel an die Wangenknochen genagelt. Als sie auf dem engen Wohnungsflur aneinander vorbeiliefen, berührte sie ihn rasch am Arm und sagte: »Macht jetzt Schluss für heute.« Er nickte nur, weil er seine Zunge nicht mehr richtig unter Kontrolle hatte. Er sah genau, dass seine Mutter sich Sorgen machte, wie immer, wenn er zu lange wach war. Als er in sein Zimmer zurückkam, fand er seine Freunde schlafend vor. Sie waren im Sitzen eingenickt, die Köpfe waren zur Seite gerollt, Menno schnarchte leicht. Flex wunderte sich noch darüber, dass sie nicht einmal ihre OmniKs ausgeschaltet hatten, und er tat es für sie. Dann setzte er sich hin, um ein wenig auszuruhen. Einen Atemzug später war er eingeschlafen.

Geister

Paula träumte, sie würde von einem Geist geweckt. Der Geist sah wie Flex aus und war von einer bläulich schimmernden Aura umgeben, die an ihrem äußersten Rand ins Grünliche überging. Es ist also wahr, dachte sie, wenn wir sterben, lebt etwas weiter, und es hat sogar eine Aura, auch ohne Körpernetz. Trotz dieser interessanten Entdeckung wollte sie in Ruhe gelassen werden. Dann schlug ihr die Erscheinung ins Gesicht.

»Jetzt komm hoch, Paula, wir hauen ab.«

Ein zweiter Geist half dem Flex-Gespenst dabei, Paula hochzustemmen. Noch ein Schlag, sehr schmerzhaft. Kein Vergleich zu dem Schock, als ihr aufging, dass sie wach war. Dass sie in Flex' Zimmer stand, einem Zimmer, in dem alles, was irgendwie mit Elektronik zu tun hatte, schwach glühte, in den unterschiedlichsten Farben. Flex und Menno hatten sich in Geister verwandelt. Umgeben vom kalten Feuer ihrer Auren versuchten sie ihr einen Rucksack anzuhängen und bugsierten sie in Richtung Zimmertür.

»Was …«, fragte sie, völlig gelähmt von der widersinnigen Hölle, in der sie erwacht war. Der Flex-Geist fuhr ihr unwirsch übers Maul:

»Keine Zeit jetzt. Wir hauen ab. Ihr seid gefälligst so leise, wie ihr es noch nie in eurem Leben wart.«

Er öffnete die Tür lautlos und sie glitten über den Flur, leuchtende Schemen in der Nacht. Sie kamen an einem

Zierspiegel vorbei, den Paula schon hundertmal gesehen hatte, ohne ihn groß zu beachten. Jetzt sah sie darin nur ihren eigenen Schatten vor den dunkleren Schatten der Wände und Möbel im Flur. Als sie den Blick abwandte, kehrte das Glimmen zurück. Der Menno-Geist winkte ihr ungeduldig. In den Wänden verliefen schwach leuchtende Spuren, so ähnlich hatte sie sich immer die Notbeleuchtung in einem verunglückten Flugzeug vorgestellt. Sie schlüpften durch die Wohnungstür in den Hausflur, auch dort drang schwaches Licht aus den Wänden, Paula begann sich schon daran zu gewöhnen. Die Treppen hinunter. Sie waren leise in ihren Turnschuhen und vor allem brauchten sie kein Licht, der gespenstische Schein führte sie. Man musste die Stufen nach Gefühl nehmen, das ging ganz gut, ihre Füße erinnerten sich zuverlässig. Selbst im Keller machte Flex kein Licht. Stattdessen schaltete Menno seine Taschenlampe an, die nur durch ein kleines, kreisrundes Loch auf der Linse Licht abgab. Dünn war der Strahl, man sah nur, was er direkt anleuchtete.
Flex machte sich an die Arbeit. Er schob so behutsam wie möglich alte Getränkekisten von der Wand weg. Dann ging er in die Knie. Zunächst konnte Paula nicht erkennen, was Flex da machte, dann kapierte sie: Er zog Steine aus der gemauerten Wand, einen nach dem anderen. Das dauerte so lange, dass sich Paula von ihrem ersten Schock zu erholen begann. *Was* um alles in der Welt ging hier eigentlich vor? Warum konnte sie im Dunkeln sehen? Warum waren sie auf der Flucht, als sei die gesamte DaSi hinter ihnen her? Ganz weit hinten in ihrem Bewusstsein wollten sich Antworten zu all diesen Fragen formen, aber sie hörte lieber

Flex zu, der flüsterte: »Ihr kriecht jetzt durch dieses Loch hier. Ihr müsst vorsichtig sein. Die Steine, die ich aus der Mauer gezogen habe, sind geordnet und es sind Schnüre daran befestigt, die nicht durcheinanderkommen dürfen. Klar so weit?«

Klar. Steine mit Schnüren dran. Jederzeit. Menno kroch auf Knien durch das Loch, Paula ihm hinterher. Sie war sehr bemüht alle Steine und Schnüre, die ihr in den Weg kamen, zu vermeiden. Hinter dem Loch war nur Schwärze. Paula starrte und starrte, aber alles blieb schwarz, auch das unheimliche Glühen, das sie vorher noch so befremdet hatte, trat hier nicht auf. Sie hörte Menno atmen, sie spürte seine Nähe. Als sie vorsichtig ihre Arme nach beiden Seiten auszustrecken versuchte, stellte sie fest, dass das nicht ging, so schmal war die Kammer, in der sie standen. Von draußen, aus dem Kellerraum, drangen Geräusche herein, die sich anhörten, als fege jemand den Boden. Dann die Stimme von Flex.

»Auf den Boden schauen.«

Menno richtete seine Taschenlampe nach unten. Zu Paulas Überraschung standen sie beide auf einem klassischen Kanaldeckel, kreisrund, rot-schwarz, alt, angerostet.

»Hochheben«, kommandierte Flex.

Paula sah erst jetzt, dass zwei Haltegriffe in den dafür vorgesehenen Öffnungen des Kanaldeckels steckten, sie hatte schon mal gesehen, wie Kanalarbeiter mit solchen Dingen die Deckel abhoben. Die Wirkung war gleich null, als sie mit Menno an den Griffen zog. Der Deckel wirkte wie eingemauert.

»Strengt euch an!«, beschwor Flex sie von draußen. »Aus-

atmen, bevor ihr euch anspannt, dann gleichzeitig ziehen!«
Paula unterdrückte einen Fluch, Menno sagte: »Bei drei!«
Mit äußerster Anstrengung hoben sie den Deckel an und schoben ihn von dem Einstieg weg. Danach lehnten sie erschöpft und keuchend an der Wand. Menno leuchtete mit seiner Taschenlampe umher. »Nicht bewegen«, sagte er zu Paula, »sonst fällst du noch rein.«
Der Geruch, der aus dem Loch aufstieg, war alles andere als angenehm, aber er war viel schwächer, als Paula erwartet hatte. Trotzdem begann sich Widerstand in ihr zu regen, als Flex kommandierte:
»Runtersteigen!«
»Hey«, flüsterte Paula zurück, »was soll das alles? Wo gehen wir hin?«
»Runtersteigen!«, zischte Flex, jetzt noch drängender als zuvor.
Zögernd gehorchten sie. Zwar waren die Sprossen, die nach unten führten, trocken und sauber, und sie steckten fest in der Wand. Aber sie stiegen fast im Dunkeln ab, Menno trug zwar seine Taschenlampe im Mund, aber der kleine Lichtfleck tanzte nur hin und her, zeichnete schmale helle Bahnen an die Wand und flackernde Schatten. Sprosse für Sprosse wünschte sich Paula dringender an die Oberfläche zurück. Dann waren sie endlich unten. Hier war der Kloakengeruch stärker. Plötzlich strahlende Helle: Menno hatte seine Schutzblende von der Taschenlampe entfernt und mehr Energie auf die Leuchtelemente gegeben. Paula wusste, Menno brauchte nicht geizig zu sein, die Akkus hielten selbst bei dieser Festbeleuchtung wochenlang durch.

Der Kanal, in dem sie standen, war erstaunlich breit. Paula hatte sich die Kanalisation immer anders vorgestellt, schlammig, verschissen, feucht, das uralte Gemäuer überwuchert von Algen, rattenverseucht vor allem. Doch hier herrschten ziemlich geordnete Verhältnisse. Am Grund des Kanals plätscherte ein kleines, stinkendes Bächlein, aber alles sonst wirkte relativ neu und sauber. Sie hatten viel Zeit, sich umzusehen, denn was immer Flex oben tat, es dauerte. Menno sprang auf die andere Seite des Stinkbachs. Er leuchtete wahllos einige Ecken aus, um sich die Zeit zu vertreiben. Paula fiel auf, wie müde sie war. Sie lehnte sich an die gekurvte Wand, schloss die Augen. Statt des gewohnten dunkelgrauen Samts sah sie nicht nur die flackernden Reflexe der Lampe, die Menno hin und her schwenkte, sondern auch wieder das seltsame Glühen. Armdicke Parallelen aus grünem, blauem, orangefarbenem und rotem Feuer zogen durch ihr Gesichtsfeld. Sie legte ihren Kopf mit geschlossenen Augen in den Nacken, ein Bündel der leuchtend markierten Geraden lief offenbar direkt über ihr an der Decke entlang. Sie sah mit geschlossenen Augen. Sie öffnete sie, sie schloss sie wieder: Die Feuerzeichen folgten genau dem Lauf des Kanals.
»Menno«, sagte sie, aber sie sprach zu leise, er hörte sie nicht.
Jemand berührte ihre Schulter, sie erschrak.
»Paula«, sagte Flex, »ich bin's.«
Ihr Herz hämmerte.
»Mann«, sagte sie keuchend, »Mann.«
»Wir müssen weiter«, drängte Flex, aber Paula griff nach seinem Arm.

»Nein«, stieß sie hervor. »Wo sind wir hier? Und wohin müssen wir weiter? Wer ist hinter uns her? Was ist hier los?«
Flex wand sich aus Paulas Griff. Er wollte widersprechen, das konnte Paula ihm ansehen, aber inzwischen war Menno zurückgekommen und er sagte:
»Komm schon, Flex. Lass uns nicht dumm sterben.«
Paula hörte Angst und Unsicherheit in seiner Stimme.
»Okay«, sagte Flex, »okay.« Er schaute sich unsicher zu der Sprossenleiter um, die sie heruntergekommen waren, als befürchte er, dass ihnen gleich ein Sondereinsatzteam der SecurAG Gesellschaft leisten würde.
»Der Ladybug war doch nicht sauber«, sagte er.
»Warum kann ich im Dunkeln sehen?«
Paula schrie fast.
»Kannst du nicht«, sagte Flex trocken, »es sei denn, du siehst andere Sachen als ich, wenn ich die Augen zumache. Also: Der Ladybug war nicht sauber. Baumann hat uns was untergejubelt. Mehr weiß ich jetzt auch nicht.«
Er holte tief Luft.
»Und weil ich geahnt hab, dass das irgendwann passieren würde, dass wir irgendwann einen dummen Fehler machen würden, der uns den Kopf kosten kann, habe ich vorgesorgt. Ich hab mich nach einem Hinterausgang umgesehen und nach einem Unterschlupf. Den Hinterausgang kennt ihr jetzt. Die Mauer oben sieht jetzt wieder so aus wie eine ganz normale Mauer. Schnellbinderzement. Beim Kanaldeckel dasselbe.«
»Nicht dass wir uns missverstehen«, sagte Menno. »Find ich ja alles toll. Aber soll das hier der Unterschlupf sein? Die Kanalisation?«

Im Schein der mittlerweile wieder gedämpfen Taschenlampe wirkte Flex' Grinsen fast diabolisch.
»Das hier ist einfach nur fantastisch. Erinnert ihr euch noch an den langweiligen Kram in Geschichte? Die Wende und 1989 und die Wiedervereinigung und so? Tja, unsere schöne Stadt wurde damals nicht nur überirdisch wiedervereint. Auch mit der Kanalisation musste was passieren. Im Westen dachte man ganz groß. Boomende Wirtschaft, wachsende Bevölkerung, viel Abwasser. Die Wirtschaft hat nicht geboomt, die Bevölkerung ist geschrumpft und deswegen ist das alles jetzt hier zu groß. Wir sind auf der Autobahn zu unserem Unterschlupf. Willkommen im Untergrund. Willkommen in der Scheiße.«
Alle drei mussten lachten. Es war, als würde sich in diesem Lachen die ganze angestaute Spannung entladen.
»Tja, das Tiefbauamt«, fuhr Flex fort. »Eine echte Fundgrube. Da haben sie also der Oberbaumbrücke vor fünf Jahren zwei neue Pfeiler gegönnt, an beiden Ufern je einen. Große Pfeiler. Die sollen ja eine Zeit halten. In so großen Pfeilern sind immer Hohlräume. Manche davon sogar mit Anschluss an die Kanalisation. Und an die ehemaligen Stasikatakomben, die genau an dieser Stelle unter dem Fluss durchgehen. Ich hab da ein Plätzchen für uns nett gemacht.«
»Die Oberbaumbrücke«, sagte Paula. »Da kann man von der Warschauer Straße aus hinspucken.«
In der Warschauer Straße befand sich das Hauptquartier der DaSi. Für Datenpiraten der meistgefürchtete Ort der Welt.
Flex sah sie ruhig an.

»Da hast du aber Recht.«
Und ohne weiteren Kommentar setzte er sich in Bewegung. Menno folgte ihm kopfschüttelnd. Paula lief hinterher.

Stahlbeton

Menno fühlte sich entsetzlich, aus verschiedenen Gründen. Er hatte die anderen dazu gedrängt, Baumann zu vertrauen. Er war letztendlich dafür verantwortlich, dass sie hier durch die Kanalisation rannten. Probleme, für die Menno verantwortlich war, bereinigte er gern persönlich und aus eigener Kraft. Das war hier aber nicht möglich. Flex war der Durchblicker gewesen, er hatte vorgesorgt, wusste Bescheid, hatte so etwas wie einen Plan. Man konnte genauso gut sagen, dass er jetzt der Anführer war. Nüchtern gesehen stand Menno bereits als Loser fest. Wenn sie gefangen wurden von der DaSi, war er für die Löschung von drei Leuten verantwortlich. Wenn Flex sie raushauen konnte, brauchte er nicht mehr den Überlegenen zu spielen. Menno konnte sich eigentlich nur entschuldigen und ansonsten die Klappe halten.

Aber es ging Menno auch körperlich nicht gut. Seine Zunge war pelzig, Arme und Beine fühlten sich schwer an. Ist das Fieber?, fragte er sich. Das traf es nicht ganz. Als kleines Kind hatte er nur »Bauchweh« sagen können, wenn es ihm schlecht gegangen war, Bauchweh war dann überall gewesen, die ganze Welt hatte dann aus Bauchweh bestanden. Menno fühlte sich jetzt wie damals. Am allerseltsamsten aber war: Wenn er den OmniK in seiner Tasche berührte, dann wirkte das Gerät, als sei es dicker als sonst. Alles Quatsch, dachte er, ist bloß das Fieber.

Die Tür war rund, noch relativ rostfrei und nur über ein

paar in die Betonwand eingegossene Stahlkrampen zu erreichen. Es mochte eine vergessene Servicekammer für die Entwässerung des Brückenpfeilers sein, eine Art Geräteschuppen, ein überzähliger Entlüftungsschacht, den man dann doch nicht gebraucht und versiegelt hatte – jetzt war es ihr Unterschlupf. Flex hangelte sich die Krampen hoch, öffnete die massive, hermetisch dicht wirkende Stahltür (er kriegte mit seinen Dietrichen fast jedes Schloss auf) und kroch in den dahinterliegenden Hohlraum hinein.

»Wollt ihr da unten festwachsen?«, rief er herunter. Paula setzte sich zuerst in Bewegung.

Menno fand die Kammer erstaunlich geräumig. Sie war nicht einmal so groß wie Paulas Zimmer daheim, aber es gab genug Platz für das Nötigste: für die Schlafsäcke und die Matratzen, die niedrigen Schaumgummipolster, die – Menno traute seinen Augen kaum – Computer! Flex hatte tatsächlich Computer hierhergeschafft und sie sahen nicht wie Abfall aus. Flex bemerkte seinen überraschten Blick.

»Ja, wir haben Saft, wir können sogar ans Netz gehen, aber davon würde ich zunächst einmal abraten. Ach ja, apropos Saft …« Er drückte mit dem Fuß auf einen Schalter und eine Baustellenleuchte flammte auf. »Licht gibt's auch.«

»Also, folgende Bedingungen«, sagte er gähnend. Menno vermutete, dass er sich genauso müde und fiebrig fühlte wie er. »Es gibt Lebensmittel für zwei Wochen. Kochen können wir nicht, der Geruch würde auffallen. Fäkalien gehen in unsere chemischen Klos, da hat jeder eines, ausleeren muss man die alle drei Tage, sonst wird's unerträglich hier drin. Die Kanalisation ist ja nicht weit. Duschen ist nicht, da war nichts zu machen, wir haben einen Zweihundertlitertank mit Trinkwasser, ich weiß, wie man den auffüllen kann, aber zu oft sollten wir uns nicht waschen, Waschlappen und Seife sind da drüben.« Er zeigte auf ein Regal bei den Schlafsäcken. »Wir verbrauchen zu dritt etwa 2250 Liter atembare Luft am Tag, das heißt, wir müssen ab und zu lüften, auch wenn wir die Tür eigentlich immer geschlossen halten müssten.«

Zwei Wochen, dachte Menno, während er herumging und Ausstattung und Vorräte noch einmal genau überprüfte. Und dann? Er drückte auf die Matratzen, um zu sehen, wie hart sie waren. Als er die Deckel der chemischen Klos öffnete, entströmte ihnen ein süßlicher Geruch.

»*Caribbean Sea* heißt das Aroma«, sagte Flex grinsend.

»Weißt du was, Flex?«, sagte Paula. »Du bist ein Genie.«

»Mein ich aber auch«, stimmte Menno ein.

Flex gähnte. »Ich bin aber auch ein müdes Genie. Völlig fertig. Ich geh jetzt schlafen.«

Sie verzogen sich alle drei in ihre Schlafsäcke. Paula machte das Licht aus. Ein bisschen, dachte Menno, fühlt es sich an wie im Schullandheim vor zwei Jahren. Paula kroch mit Hilfe ihrer Taschenlampe in die Penntüte. Es war dunkel, aber nicht ganz. Das Letzte, was Menno vor dem Einschlafen sah, war das seltsame Glühen in der Ecke, wo die Computer standen.

»Eigentlich war der Plan ja der: Wir machen ein kleines Experiment mit diesen Kindern, dann locken wir sie zu uns und werten das Experiment aus. Das geht jetzt leider nicht mehr so einfach. Aber es ist sehr wichtig, dass sie gefunden werden«, sagte der Mann. Es war wieder der Mineralwassertrinker vom letzten Mal, aber jetzt saß er nicht auf einem teuren Sessel, sondern auf einem einfachen Stuhl, umgeben von seinen Freunden, die ebenfalls Platz genommen hatten. Experiment?, dachte Baumann. Er sah die blasse Haut des Mineralwassertrinkers, seine wasserblauen Augen, sein hohles Lächeln; ihm fiel zum ersten Mal auf, wie leise der Kerl sprach, und er fühlte sich unwohl.

»Wenn das so wichtig ist – warum suchen Sie sie dann nicht selbst?«, fragte Baumann gegen den Rat der Vernunft.

Der Mineralwassertrinker seufzte.

»Wir müssen unauffällig sein«, sagte der Lächler. »Ich glaube, das ist Ihnen klar geworden, nicht? Natürlich haben wir uns Mühe gegeben herauszufinden, wo sich die kleinen Streuner aufhalten. Wir haben uns unauffällig bei ihnen zu Hause umgesehen, wir haben die Gespräche und die Datenverbindungen ihrer Eltern überwacht, wir haben ihren Keller besucht und diesen schmuddeligen kleinen Probenraum, und raten Sie, was das Ergebnis war? Sie sind verschwunden. Wir sind im Nachteil. Wir können nicht einfach wie die SecurAG alles auf den Kopf stellen. Der Vater eines der Jungen ist ein Bundestagsabgeordneter, wissen Sie, er ist öfter im Fernsehen. Da kann man nicht einfach schalten und walten, wie man will. Das würde Probleme geben und noch mehr Probleme können wir uns nicht leisten. Wir brauchen Sie. Und deswegen haben wir uns erlaubt, Sie ein wenig für unsere Zwecke zu modifizieren.«

Baumann setzte sich mit einem Ruck auf. Zwei der drei Anzugträger bewegten sich unauffällig auf ihn zu.

»Was soll das heißen?«

»Seit Sie sich hier in diesem Raum befinden, haben wir Sie einer speziellen Behandlung unterzogen, die Ihnen bestimmte ... Fähigkeiten verleiht. Vor allem sind Sie jetzt ein spezialisierter Spürhund für unsere drei Ausreißer. Sie werden von ihren Körpernetzen *gerufen*. Das funktioniert natürlich nur über kurze Entfernungen. Sie müssen den Kindern schon von selber hinterherspüren, aber wenn sie nah genug dran sind, hören Sie den Ruf. Es ist ein wenig wie das Heiß-Kalt-Spiel aus der Kindheit.«

Baumann stand auf, überlegte, ob er den Mineralwassertrinker erreichen konnte, bevor seine Handlanger ihn aufhielten, beherrschte sich aber. Er ging zur Tür, niemand hinderte ihn daran.

»Sie bluffen doch nur«, sagte er, ging zur Tür und drückte die Klinke. Niemand hinderte ihn daran.

Der Mineralwassertrinker hörte auf zu lächeln. Das war nun wirklich ein furchterregender Anblick: Der Mann ließ den Gesichtsausdruck fallen wie eine nicht länger benötigte Faschingsmaske.

»Das würde ich nie tun«, sagte er eisig. »Seien Sie erfolgreich. Es wäre besser für uns alle. Vor allem für Sie.«

Er wachte als Erster von den drei Höhlenbewohnern auf, schälte sich aus dem Schlafsack und machte das Licht an, drehte aber die Baustellenlampe zur Wand, um die anderen nicht zu brutal zu wecken. Schön indirekte Beleuchtung, dachte Flex und musste grinsen: Er entwickelte sich noch zum Innenarchitekten hier unten. 8.47 Uhr, relativ früh am Morgen. Ein Schultag. Seine Laune verschlechterte sich schnell, als er an seine Mutter dachte. Sie würde sich wegen seinem Verschwinden zu Tode sorgen. Er hoffte bloß, die DaSi würde sie schnell wieder in Ruhe lassen. Aber war wirklich die DaSi hinter ihnen her? Die hätten drei kleine

Piraten doch längst geschnappt. Diese Grübeleien brachten nichts, er hatte zu wenig Information.
Noch während des Anziehens merkte er, dass etwas nicht stimmte: Obwohl das gedämpfte Licht im Raum wahrscheinlich sogar zum Lesen gereicht hätte, konnte er das geisterhafte Glimmen sehen, besonders stark in der Computerecke, wo es die Geräte umgab wie eine – Aura! Er fing an zu zittern, als er sich auf die Rechner zubewegte, und ließ sich schwer auf einen der beiden Campingstühle sinken, die vor den beiden Tischen standen. Die flachen Einheiten mit den sehr dünnen Schirmen waren fast identisch. Bei beiden handelte es sich um leicht veraltete *Tangerines* von *Antimatter*, die er bei einer Firmenauflösung anonym gekauft hatte – dennoch unterschied sich die Farbe ihrer Auren. Er erinnerte sich, der eine der beiden Computer hatte unwesentlich mehr Speicher. Konnte es sein, dass … Er wollte das Gehäuse des Rechners antippen, um ihn einzuschalten, aber noch bevor sein Finger den samtigen Keramikkunststoff berührte, wurde die Maschine von selbst lebendig. Sofort war das Gehäuse in einen so starken, bläulichen Schein gehüllt, dass Flex kaum noch die Kontur der Basiseinheit auf dem Tisch erkennen konnte. Als er genau hinsah, bemerkte er, dass das Licht nicht einfach nur blau war. In der Tat leuchtete der Rechner im ganzen Blauspektrum, vom Blaugrün bis zum tiefen Ultraviolett. Wenn er genau hinsah, ergaben sich Unterspektren und Unterspektren von Unterspektren. Flex hatte noch nie so viele verschiedene Blaus auf einmal gesehen. Sie füllten sein ganzes Gesichtsfeld.
Was hatte das zu bedeuten? Ratlos hob er seine Hand, um sich an der Nase zu kratzen, und seine Finger wischten

kurz durch den blauen Schimmer. Vor seinem Auge blühten verästelte Strukturen auf, wie ineinander verhakte Schneekristalle, aber sie flackerten sofort wieder weg, als seine Hand die Nase erreichte. Was?, dachte er und mit einem mulmigen Gefühl im Bauch ließ er die Finger noch einmal eintauchen in das tausendfältige Blau. Hektisches Geflimmer. Er hielt still. Und da waren sie, die Fenster. Nicht die primitiven, rechteckigen Kasten aus dem Computermittelalter. Sondern dünnfädig miteinander verknüpfte Kammern oder Boxen, die offenbar alles enthalten konnten, von schnell heruntertickendem Programmcode bis zu dreidimensionalen Objekten. Aus einer der Boxen tönte leise Musik. Er kannte den Song. Sobald er sich auf die Musik konzentrierte, wurde sie lauter. Sobald er eine andere Box betrachtete, wurde sie leiser. Flex bewegte einen Finger, einige Boxen gingen zu und verschwanden, andere traten an ihre Stelle. Eine von ihnen war völlig leer. Flex machte ein Experiment. Er dachte an den goldenen Tänzer, eine Figur aus *Underworld*, und sie begann in der leeren Box zu tanzen. Weitere Fingerbewegungen, neue Boxen. Sie waren wie ein irrsinniges Gebäude, dessen Architektur von jeder Bewegung seiner Finger radikal verändert wurde. Es gab keinen Zweifel mehr. Die Lichtaura um den Computer herum konnte nicht nur gelesen werden, wie eine P-LAN-Aura mit einer Spezialbrille. Sie war eine echte Brücke zwischen dem Tischrechner, Flex' Körpernetz und seinem *Bewusstsein*. Deswegen konnte er die Maschine einschalten, ohne sie zu berühren. Deswegen las er ihre Speicher wie ein Buch und konnte Daten auf sie übertragen, an die er bloß dachte. OmniK war gestern, dachte er. Sein Gehirn hatte per P-LAN Direktzugriff auf den Tischrechner. Kalter Schweiß stand ihm auf der Stirn. Jemand berührte ihn an der Schulter, er schrak auf.

»Was machst du da?«, fragte Paula.

»Ich navigiere«, sagte Flex und seine Stimme hörte sich dabei so an, als würde er gleich weinen. »Lass mich sehen«, sagte Menno, der jetzt auch aufgewacht war. Er schob Paula zur Seite und tauchte mit seiner Hand in das blaue Licht ein.

Dann spielten sie. Sie schalteten alle einmal die Rechner ein und aus, ohne sie zu berühren. Blätterten mit plumpen Fingerbewegungen die Speicher der Maschinen durch. Versuchten die Fingersprache zu erlernen, mit denen sich die Computer steuern ließen. Sie spielten *Underworld*. Sie sahen die goldenen Tänzer, die Samuraikämpfer und die Tempel, Grotten und Häuserschluchten vor sich, neben sich, um sich herum, jeder aus einer anderen Perspektive, und sie brauchten die OmniKs nicht mehr dazu, denn das Spiel lief in ihren per Funk zusammengeschalteten Körpernetzen und die Spielwelten entstanden direkt in den Sehzentren ihrer Augen. Sie übertrugen sich gegenseitig Daten. Gedanken, Gefühle, einfache Vorstellungen von Gegenständen wie Tischen, Stühlen, Schlafsäcken – alles kein Problem. Man konzentrierte sich auf etwas, das man versenden wollte, sah den Empfänger an und er verstand. Sie lernten auch die Grenzen ihres neuen telepathischen Talents kennen. Man konnte in der Aura eines Menschen offenbar nicht lesen, wenn er das nicht wollte. Paula sperrte einmal den Zugang, während Flex mit weit aufgerissenen Augen in ihrer Aura herumfuchtelte, und sie lachte über sein verdutztes Gesicht, als er nichts mehr erfuhr. Wer nichts empfangen wollte, musste einfach nur denken »Ich will das nicht!«, und die Verbindung kam nicht zu Stande. Gerüche ließen sich aber seltsamerweise nicht übertragen. Die Verbindung ging nur über sehr kurze Strecken. Drei bis vier Meter waren das Äußerste. Aber die drei Piraten waren trotzdem glücklich. Und müde. Erschöpft sanken sie auf die Campingstühle.

»Wir sind frei«, sagte Paula. »Keine OmniKs mehr. Keine Überwachung mehr. Keine komplizierten Tricks, um die Auren zu ändern. Mensch, Leute.«

Menno hatte die Augen geschlossen.

»Wisst ihr, was das heißt? Es ist, als hätten wir ein zweites Gehirn bekommen. Eins mit Antenne. Wir haben Zugriff auf jedes andere Körpernetz, ohne OmniKs. Und auf jeden Computer, jede P-LAN-Lesestation, jeden Kassenautomaten, auf einfach alles, was elektromagnetisch Daten verarbeitet. Wenn ich mich an einen Verstärker dranhänge, bin ich ein Radiosender und mit den Songs in meinem Netz ist das ganze Jahr Programm.« Er öffnete die Augen. »Ihr wisst, worum es hier geht, oder? Das ist Crossover. Homo sapiens 2.0.«

Da war es, das Wort, das schon die ganze Zeit im Raum hing. *Crossover.* Der alte Traum, der immer mal wieder von irgendwelchen Radikalen geträumt und gepredigt worden war seit der Einführung der Körpernetze vor zwanzig Jahren. Der Traum vom freien, vernetzten Menschen. Paula war schwindelig. Sie mochte es nicht, wie Menno vom Zugriff auf andere Körpernetze und auf Kassenautomaten redete. Meine Güte, dachte sie. Wir sitzen hier in diesem

Bunker, in einem Brückenpfeiler, spuckweit entfernt von der DaSi-Zentrale und Menno denkt an Weltherrschaft!
»Ja, ja, ja«, sagte Flex. »Alles super, alles wunderbar. Aber bevor wir hier total abheben, sollten wir vielleicht ein bisschen darüber nachdenken, wer uns dieses Geschenk gemacht hat. Das beschäftigt mich schon die ganze Zeit. Das kommt doch nicht von der DaSi. Seit wann macht die in Crossover? Die versucht doch die ganze Zeit zu verhindern, dass die Leute eigenmächtig an ihrer Aura herummachen, für die ist Crossover doch der totale Horror. Aber wenn Baumann nicht für die DaSi unterwegs ist, für wen …«
Er konnte seinen Satz nicht mehr beenden. Ein Kreischen ertönte, wie von einer Säge, die durch den Betonpanzer des Unterschlupfs ging. Dann unheimliche Stille, in der sie vor Schreck wie gelähmt auf ihren Stühlen saßen. Dann wieder die Säge. Paula reagierte am schnellsten. Sie sprang zu der Baustellenleuchte und schaltete sie ab. Der Raum wurde aber nicht dunkel, alles Elektrische leuchtete in ihrer Wahrnehmung hell und klar auf, ihre beiden Freunde loderten wie zwei bunte Fackeln. Ihr Herz hämmerte. Sie glaubte, dass sie gefunden worden waren und dass man versuchte sie mit schwerem Gerät aus ihrem Versteck herauszuholen. Aber sie wollte sich wenigstens wehren. Wortlos rief sie per Crossover-Funk in den Raum hinein: »Haben wir Knarren?« Eine der Fackeln setzte sich in Bewegung, ging zögernd auf die Ecke mit den Schlafsäcken zu und kam mit drei leuchtenden Stäben in der Hand wieder zurück. Als Flex ihr nahe genug war, konnte sie durch seine Aura hindurch auch seinen Schädel sehen: In seinen Knochen

waren Millionen von Körpernetzfunkzellen eingelagert und sie zeichneten seinen Piratentotenkopf wie einen feinen Hauch in seine farbige Aura. Die glühenden Stäbe, die er in der Hand trug, waren Stingrays, ihre Akkus leuchteten hell, weil sie voll aufgeladen waren. Wenn die Angreifer hier durchbrachen, dann ging es nicht mehr ums Entkommen. Sondern nur noch darum, die eigene Haut so teuer wie möglich zu verkaufen. Das Kreischen im Beton setzte aus, setzte wieder ein. Crossover, dachte sie. Ich geb euch gleich Crossover.

Der problematische Norbert

Baumann begriff Zug um Zug, was seine Auftraggeber mit seinem Körpernetz gemacht hatten. Er wanderte ziellos durch die Stadt und sah überall die Auren der Menschen und Geräte. Das ist ja interessant, dachte er, als er sich in einem Kaufhauskiosk an eine Jukebox lehnte und plötzlich die Musik hören konnte, die man normalerweise kostenpflichtig herunterladen musste. Er leistete sich den Spaß, eine Musikzeitschrift aus dem nächsten Regal zu fischen und sich Songs zu bestellen, die in dem Heft gelobt wurden. Es war aber nichts Richtiges für ihn dabei, Baumann stand auf klassischen Techno aus dem letzten Jahrhundert, derzeit war aber eine Richtung namens *Mystique* der absolute Renner.

»Kaufen oder hinlegen!«, sagte der Kioskpächter übel gelaunt.

Baumann lachte, als der das Musikmagazin wieder zurückstellte. Der Kioskbesitzer sah ihm finster hinterher.

Dann traf Baumann zufällig Norbert. In einem Stehcafé. Sofort dachte er wieder an seinen ersten Diebstahl. Er war damals neun gewesen, und Norbert, damals der Chef der kleinen Rotznasenbande, in der Baumann unbedingt Mitglied sein wollte, hatte ihm als Mutprobe auferlegt, eine Schachtel Zigaretten zu stehlen. Baumann hatte sich tagelang überlegt, wie er es wohl anstellen könnte, und es war ihm am Ende nichts Besseres eingefallen, als in einen Supermarkt zu gehen, an der Kasse in das Zigarettenregal zu grei-

fen und dann zu rennen, was das Zeug hielt. Als er die Story erzählt hatte, war er ausgelacht worden, am lautesten von Norbert. Seltsamerweise hatte Baumann bis in die jüngste Zeit hinein Kontakt zu Norbert gehabt, keinen ausgedehnten zwar, aber man war sich immer wieder begegnet, weil Norbert genau wie Baumann bei der SecurAG gelandet war, »im Innendienst«, also in der Verwaltung. Nie war Baumann das Gefühl losgeworden, Norbert verachte ihn immer noch, unter anderem wegen der Zigarettengeschichte damals.
»Sieh an, der Baumann. Na, wie geht's?«, begrüßte ihn Norbert, als sei er noch Polizist. »Schicke Sonnenbrille!« Baumann war unangenehm berührt, aber er wollte so tun, als sei alles normal. Er tauschte mit Norbert das übliche Blabla über den Job und über aktuelle Sportereignisse aus und plötzlich kam er auf die Idee, ein wenig zu spionieren. In Norberts Aura zu lesen war ganz leicht. Sein Bandenchef von früher steckte knietief in Schulden, unter anderem deswegen, weil er in der letzten Zeit grotesk überteuerte Bücher von einem Verlag bezogen hatte, der als Tarnunternehmen einer sehr erfolgreichen brasilianischen Sekte galt. »Norbert unter den Gottessuchern«, dachte Baumann, »das ist lustig.« Ein halbes Jahr zuvor war Norbert geschieden worden und er hatte sogar sein Auto verkaufen müssen.
»Was grinst du so?«, fragte Norbert irritiert und Baumann erzählte, ertappt, dummes Zeug. Irgendwas von »letzter Nacht« und »noch immer nicht wieder ganz da«.
Norbert war zufrieden, Frauengeschichten hatten bei ihm noch immer gezogen. »Alter Schwede!«, sagte er, süffisant lächelnd, und wedelte mit dem Zeigefinger vor Baumanns Gesicht herum. »Nicht so hinlangen!«

Du mich auch. Genau in dem Moment kam Baumann der Gedanke, Norberts Aura zu stehlen. Gedacht, getan.
»Muss los«, sagte er bei der nächsten Pause in Norberts Redefluss und stand auf.
»Wohin so eilig?«, fragte Norbert leicht eingeschnappt.
»Muss noch einkaufen.«
»Ach was, du triffst dich doch wieder nur mit irgendeiner Frau, gib's doch zu.«
»Tschüss, Norbert.«
Baumann erinnerte sich an ein unglaublich teures Designhaus, gleich um die Ecke. Die Verkäufer musterten ihn misstrauisch, während er sich Sofas ansah, die mehr kosteten, als er in einem Jahr verdiente. Er fühlte sich wie damals bei der Zigarettenmutprobe, war aber äußerlich völlig ruhig. Das immerhin hatte er in seiner Laufbahn als Polizist gelernt. Schließlich hielt er vor einer hässlichen Sitzecke inne und berührte alle fünf zugehörigen Stücke etwa drei Sekunden mit der flachen Hand. Dadurch zeigte er dem Haussystem an, dass er die Sachen kaufen wollte. Das System buchte den Preis auf Norberts Aura. Baumann aktivierte den Quittierungsdialog auf seinem OmniK, der in diesem Moment ebenfalls auf Norbert geeicht war. Als er mit klopfendem Herzen durch die Eingangstür des Ladens lief, gewann sein Einkauf Vertragscharakter und noch am selben Tag würde Norbert Fischer, Akazienweg 9 in Lichterfelde, eine neue Sitzgruppe geliefert werden. Baumann warf seine digitale Maske sofort ab, er wollte nicht, dass irgendein Überwachungssystem wegen des doppelten Norberts ins Grübeln kam. Zweierlei hatte er gelernt: Er war nicht mehr neun. Sein Herz pochte noch genauso wie da-

mals, aber er musste nicht mehr losrennen. Und außerdem machte sein neues, frisiertes Körpernetz auch in brenzligen Situationen genau das, was es sollte.
In der U-Bahn Richtung Ruhleben war er schon nicht mehr ganz so zufrieden mit seinem kleinen Streich. Nun gut, er hatte sich an Norbert gerächt, das verschaffte ihm schon ein Gefühl der Genugtuung. Aber wenn er die Lage richtig einschätzte, dann hatte er soeben eine Feuertaufe für dieses unglaubliche System hingelegt, mit dem ihn seine seltsamen Auftraggeber ausgestattet hatten. Schon allein der Gedanke an diese Leute regte ihn auf. *Wer* zum Teufel waren sie? Er versuchte es mit dem Ausschlussverfahren. Normale Polizei: nicht der richtige Stallgeruch, zu subtil. DaSi: nicht die nötige eiskalte Sachlichkeit, zu viel Eifer, zu viel Begeisterung. Mal ganz abgesehen davon, dass die DaSi alles andere wollte, als OmniKs überflüssig zu machen. Musikindustrie, irgendein Sicherheitsdienst? Zu gut ausgerüstet, zu ausgeschlafen, zu *modern*. Die Musikindustrie mochte ein paar gute Leute unter Vertrag haben, aber Sachen wie diese neue Körpernetztechnologie hatten sie nicht im Programm, nie im Leben. Und außerdem widersprach sie ihren Interessen. Ein unkontrolliertes Körpernetz, mit dem man jeden beliebigen Inhalt ohne Überwachung und Bezahlung austauschen konnte? No way. Ausländische Geheimdienste? Was wollten ausländische Geheimdienste von drei kleinen Berliner Datenpiraten? Sagenhaft reiche Privatleute mit finsteren Weltherrschaftsplänen tauchten vor seinem geistigen Auge auf, von Irren geführte Stiftungen, die in abgelegenen Forschungslabors ultrageheime Experimente durchführten und dann im Freilandversuch

testeten. Alles unwahrscheinlich. Der Mineralwassertrinker vom letzten Mal und seine Freunde waren vorerst nicht einzuordnen. Aber eines musste sich Baumann eingestehen: Er hatte vor diesen Typen Angst. So gesehen waren sie nur der totale Über-Norbert. Die Norberts dieser Welt sind mein Schicksal, dachte er bitter.

Er musste dabei unwillentlich geseufzt haben, denn ein junger Mann, der ihm gegenübersaß, beugte sich vor und fragte interessiert: »Probleme?«

Adretter Anzug, propere Frisur, glatt rasiert bis auf die Bartwurzeln, gnadenlose Freundlichkeit in jeder Lächelfalte: Baumann wusste genau, mit wem er es hier zu tun hatte.

»Ja, genug«, antwortete er treuherzig.

»Und haben Sie«, fragte der Fremde, »schon einmal daran gedacht, Jesus in Ihr Leben zu lassen?«

Baumann legte seine Hand schwer auf die Schulter des Fremden, der nur für den Bruchteil einer Sekunde zu lächeln aufhörte, und sagte mit tödlichem Ernst:

»Ich selbst bin Jesus, Bruder. Und ich sage dir: Es ist manchmal nicht einfach.«

Der Fremde streifte, immer noch lächelnd, Baumanns Hand ab und stand auf. Er hatte begriffen, dass er an den Falschen geraten war.

»Auf Wiedersehen, Freund«, sagte er mit öliger Herablassung.

Baumann öffnete das Körpernetz des Missionars, genau so, wie er es mit Norbert gemacht hatte, und fand auf Anhieb eine Unmenge Schmuddelbildchen, in denen nur Männer vorkamen. Nicht gerade der Content, der üblicherweise von Radikalchristen geschätzt wurde. Der Missionar wollte

sich gerade endgültig wegdrehen, als Baumann ihm hinterherrief:
»Ich verzeihe dir alles. Auch Männerliebe.«
Der Missionar drehte sich ruckartig um. Alle Überlegenheit und Freundlichkeit war aus seinem Gesicht gewichen, er wurde rot wie eine Tomate und konnte sich offenbar kaum zwischen Flucht und Angriff entscheiden. »Woher …«, presste er hervor.
»Gehe hin in Frieden«, sagte Baumann mit sanftem Nachdruck. »Dir ist verziehen.« Er überlegte, ob er vielleicht noch mit den Fingern ein Kreuz in die Luft zeichnen sollte, fand es dann aber doch schauspielerisch wirksamer, sich von dem Mann einfach abzuwenden und aus dem Fenster des fahrenden U-Bahn-Zugs zu schauen. Das Fenster spiegelte den hastigen Abgang des verwirrten Missionars. Einige andere Fahrgäste, die den Auftritt mitbekommen hatten, sahen verstohlen zu Baumann hin. Heute ist mein lustiger Tag, dachte er.

Dancing Queen

Erst Stunden nachdem der furchtbare Krach aufgehört hatte, trauten sie sich die Tür zu öffnen. Draußen waren keine Feinde. In der Verbindungsröhre zwischen den Fundamenten des Brückenpfeilers und der Kanalisation entdeckten sie, dass überall Vertiefungen in den Beton gehauen worden waren, die aussahen, als wolle man Leitungen verlegen. Zwei bis drei Zentimeter breite Kanäle zogen sich über die ganze Länge der Betonröhre hin, in regelmäßigen Abständen zweigten von ihnen Einbuchtungen ab, die etwa die Größe eines DIN-A4-Blattes hatten, wie gemacht, um Leuchtelemente aufzunehmen. Außerdem hatte man begonnen einen Bodenbelag auszulegen und die Wände in Farben anzustreichen, die eher nach Club als nach Kanalisation aussahen.

»Was soll das hier werden?«, knurrte Menno. »Muttis gute Stube?«

Flex hatte ein flaues Gefühl im Magen.

»Ihr werdet mich hassen«, sagte er leise. »Aber ich hab da so eine Ahnung. Nicht Muttis gute Stube. Das *Underworld*-Festival.«

Paula und Menno sahen ihn blinzelnd an. Das *Underworld*-Festival war eine beliebte alljährliche Kulturveranstaltung, bei der man eine Woche lang von Bunker zu Bunker, von Fabrikkeller zu Fabrikkeller, von Kanalröhre zu Kanalröhre zog, um zu tanzen, bis es nicht mehr ging. Mal wurde das Festival verboten, mal öffentlich bezuschusst, und wie es

aussah, war diesmal wieder öffentliche Förderung dran. Piraten gingen gern zu diesem Festival.
»Yo«, sagte Menno trocken. »Wir leben demnächst neben der größten Disco der Stadt. Eigentlich könnten wir anfangen Eintrittskarten zu drucken. Wäre ein Mordsgeschäft.«
Paula begann ohne Vorwarnung mit den Armen zu wedeln und mit dem Körper wild hin und her zu zucken. »Dancing Queen!«, sang sie »only seventeen, dig in the dancing Queen!« Auf dem Rückweg zu ihrem Versteck lachten dann alle drei, bis sie nicht mehr konnten. Das Kopfweh setzte erst ein, als sie wieder dort waren.
Wo sollte er sie suchen? Er fing bei dem Keller an, in dem sein P-LAN umprogrammiert worden war, und fand ihn völlig unberührt vor. Die Kartoffelsäcke, die Weinkisten, die Starterkabel, alles war so wie bei seinem ersten Besuch arrangiert. Nirgends konnte er Spuren entdecken, die von irgendwelchen Ermittlungen herrührten, die hätte er als ehemaliger Polizist erkannt. Mehr als alles andere überzeugte ihn dieser unveränderte Keller davon, dass seine Auftraggeber nichts, aber auch gar nichts mit der normalen Polizei zu tun hatten.
Er grübelte noch darüber nach, als er bei der Meyerbeerstraße ausstieg, ganz in der Nähe des Hauses, in dem bis vor einigen Tagen Flex gewohnt hatte. An einem Laternenmast fand er einen kopierten Handzettel. Jemand hatte ein Bild von Flex mit der Zeile versehen: »Haben Sie diesen Jungen gesehen?« Dann eine Telefonnummer, die von Flex' Mutter, nahm Baumann an. Wahrscheinlich hatte sie nicht die geringste Ahnung von den kriminellen Tätigkeiten ihres

Sohnes. Es war auch niemand bei ihr gewesen, um sie darüber aufzuklären, für sie war Flex einfach spurlos verschwunden. Bei dem Haus angekommen, drückte er in rascher Folge fünf oder sechs Klingeln. Mehrstimmiges leises Quaken aus der Gegensprechanlage, dann machte einer auf, ohne zu wissen, wer geklingelt hatte. Es machte immer einer auf. Vielleicht kam ja der Mann von der Lotterie, den wollte man nicht warten lassen. Als er im Treppenhaus stand, kamen Schritte von oben. Weil er nicht gesehen werden wollte, flüchtete er ins Untergeschoss. Die Schritte folgten ihm. Er verfluchte seine Dummheit und suchte nach einem Versteck. Er öffnete eine graue, zerkratzte Brandschutztür und stand in einem ziemlich großen Keller. Neben den privaten Verschlägen der Mieter stapelten sich die leeren Getränkekisten. Baumann drückte sich in eine Ecke hinter der Tür, hoffte, dass sie weit genug aufschwingen würde, um ihn zu verdecken, und zog seinen Schocker. Im Notfall musste er den anderen zusammenschocken und ihn nach Geld oder Wertsachen filzen, damit es wie ein Überfall aussah. Das war ihm zuwider, aber er hatte keine andere Wahl. Die Schritte näherten sich, die Tür öffnete sich, er wurde hinreichend verdeckt. Der Mann trug eine große Pappkiste, die nicht schwer zu sein schien, aber recht sperrig war. Er manövrierte ungeschickt damit herum. Als er bei den leeren Getränkekisten angelangt war, fluchte er: »Scheiße! Wer hat die denn verschoben?« Und dann zog und murkste und drehte er, bis er seinen Ballast doch noch neben all dem anderen Zeug untergebracht hatte. Der Mann wischte sich die Hände am Pullover ab und ging. Als er die Kellertür hinter sich zuzog, kam er bis auf zwanzig

Zentimeter an Baumann heran, ohne ihn zu bemerken. Baumann wartete noch eine Weile, nachdem die Tür ins Schloss gefallen war, dann atmete er durch und steckte seinen Schocker weg. Er dachte nach. Dann ging er zu den Getränkekisten und untersuchte sie. Hinter den Kisten entdeckte er eine Ziegelmauer. Das fand er seltsam – so alt war das Haus doch noch gar nicht. Aber brachte ihn das weiter? Baumann wollte seine Taschenlampe schon abschalten, da fiel ihm ein Stück Schnur auf, das auf dem Boden zu liegen schien, direkt an der Wand. Es war weiß und sauber und hob sich besonders gut von dem schmutzig grauen Untergrund ab. Er ging in die Knie, wollte es aufpicken und rutschte mit den Fingern ab. Die Schnur schien an beiden Enden festzustecken. In der Mauer. Er hakte einen Finger ein und zog immer stärker, am Ende so fest er konnte – nichts bewegte sich. Das Ding war eingemauert. Exakt auf Bodenhöhe. Baumann klopfte gegen die Wand. Seine Schläge klangen, als sei hinter dieser Wand ziemlich viel Luft.

Die Schmerzen waren grausam. Flex hatte so was noch nie erlebt. Es fühlte sich an, als würde sein Kopf von innen ausgeschabt, mit einer rostigen Raspel, von der bei jedem Strich ein paar Zacken abbrachen und sich durch die Überreste der bereits zerfetzten Hirnhäute in den Schädelknochen bohrten. Er fischte hinter seinem Schlafsack ächzend nach der Reiseapotheke. Sie war gut mit Aspirin ausgestattet, weil Flex manchmal an Spannungskopfschmerz litt. Sie kauten die Tabletten ohne Wasser und legten sich dann schwitzend und keuchend auf die Schlafsäcke. Menno klagte am hörbarsten. Nachdem sie sich weitere fünf Minuten gewälzt hatten wie Fußballer nach einem besonders üblen Foul, hörte der Schmerz schlagartig auf. Einfach so. Allen war sofort klar, dass das Aspirin dafür nicht verantwortlich sein konnte. Der Schmerz war an- und abgeschaltet worden wie ein elektrisches Gerät. Keuchend setzte sich Flex auf und blickte in die kalkweißen Gesichter seiner Freunde.

»Was ist das denn?«, fragte Menno, der aussah, als habe er kurz vorher heftig gekotzt.

»Zwei Möglichkeiten«, gab Flex zur Antwort, immer noch schwer atmend, »drei. Entweder, man steuert unser Schmerzzentrum fern: Telefolter. Das ist ein bisschen schwierig, bei all dem Stahlbeton um uns herum. Oder unser Körpernetz passt sich auf diese qualvolle Art an die neue Situation an, Wachstumsschmerzen gewissermaßen. Oder, und das fände ich persönlich am hässlichsten: Das Update ist fehlerhaft. Was wir soeben erlebt haben, war ein Systemabsturz, hervorgerufen durch schlechte Software.«

»Mann«, sagte Menno nur, »Mann«, dem anscheinend wirklich wieder sein Frühstück hochkam.

Paula lachte.

»Was 'n daran so komisch?«, schrie Menno sie schließlich an. »Hörst du jetzt mal auf?«

»Schlechte Software«, gluckste Paula. »Homo sapiens 2.0 mit Kopfweh.«

»Ja, superwitzig«, gab Menno zurück. »Du kommst noch ins Fernsehen bei dem Humor.«

»Aufhören, alle beide«, warf Flex ein. »Streit kann ich jetzt gar nicht brauchen, sonst krieg ich gleich wieder Kopfweh.

Vielleicht sollten wir uns mal drauf einstellen, dass diese Schmerzen wiederkommen. Und dann hätt ich gern was Stärkeres in der Tasche als Aspirin. Was meint ihr?«

Menno und Paula nickten.

Flex stand mühsam auf und schlurfte zu den Computern. Er kickte dabei unabsichtlich eine Konservendose zur Seite, die im Weg lag. »Na, dann mach ich uns mal ein Rezept vom Doktor.«

Hacking

Baumann war nie ein Hacker gewesen. Er kannte sich zwar leidlich mit der Hackerkultur aus, aber er selber war immer nur Beobachter und Konsument gewesen. Bis zur Einführung der Körpernetze hatte er sich wie die meisten anderen Computernutzer auf Software verlassen, die andere für ihn geknackt, modifiziert und bezahlbar gemacht hatten. Seit das durch die OmniKs sehr aufwendig und gefährlich geworden war, jagte er Leute, von deren Arbeit er früher profitiert hatte – so war das eben.

Aber jetzt musste er selbst zum Hacker werden. Menno hatte über Flex gesagt: »Er liest in den Daten des Katasteramts wie in einem Buch.« Nun, was er, Baumann, jetzt brauchte, war nicht das Katasteramt, sondern das Tiefbauamt, denn das hatte die Pläne zur Berliner Kanalisation. Und wie hätte das wohl gewirkt, wenn er dort einfach hineinmarschiert wäre und gesagt hätte: Der Über-Norbert schickt mich, ich brauche mal schnell einen Plan der Berliner Kanalisation, subito, wenn's geht. Als Angestellter der SecurAG hätte er Amtshilfe erzwingen können, allerdings nur mit allen möglichen Papieren bzw. Aurensignaturen eines Vorgesetzten ausgestattet, und er hatte im Moment weder einen Vorgesetzten, dessen Autorität vom Tiefbauamt anerkannt wurde, noch irgendwelche Aurensignaturen, die einer längeren Prüfung standhielten. Ständig ging ihm die Mahnung des Mineralwassertrinkers im Kopf herum, es wäre besser für ihn, die drei Piraten schnell zu finden. Wenn er versagte, würde er vielleicht eines Morgens mit dem Rücken nach oben in einem Kanal treiben, ohne Kopf, Finger und Körpernetz, dafür aber mit mehreren Zusatzöffnungen in seinem Rumpf, die eigentlich von der Natur nicht vorgesehen waren. Er hatte Angst. Eine Scheißangst sogar.

Er ging dann doch ein wenig subtiler an die Sache heran als damals bei den Zigaretten. Er wusste zufällig, dass zwar jedes öffentliche Amt seine Daten auf einer zentralen Serverfarm an einem geheim gehaltenen Ort spiegelte, dass aber zumindest die grundlegenden und wichtigsten Daten immer vor Ort verfügbar sein mussten. 2017 hatte der Virus Backslash E.3 wichtige Teile des Internets, der Satellitenverbindungen und der gesamten Telekommunikation zusammenbrechen lassen, und die Parole »Virtuelle Verwaltung ist bürgernahe Verwaltung« hatte sich plötzlich wie ein böser Scherz angehört. Durch Backslash E.3 war manchem der Wert einer sicheren Datenspeicherung und -verarbeitung an Ort und Stelle erst wieder bewusst geworden. Was Baumann brauchte, war also schlicht Zugang zum Serverraum des Amts.

Das Amt residierte mit seinen wenigen Büros in einem bescheidenen Gebäude in Lichtenhagen, nicht gerade zentral gelegen, aber so war das eben, wenn man sich mit prickelnden Themen wie Stadtentwässerung und Rattenbekämpfung abgab. Als er an dem Haus vorbeilief, bemerkte er einen rot gestrichenen Wagen der Firma DatserV und schaltete sofort: Der Techniker war da. Es hatte wahrscheinlich irgendein Problem mit den Rechnern gegeben und DatserV sollte den Kram wieder zum Drehen bringen.

Er öffnete das elektronische Schloss des Gefährts durch Handauflegen (Zustand »locked« → Zustand »disengaged«) und machte es sich im Inneren bequem. Die Mittagspause kam und der Techniker erschien nicht. Dabei hatte er doch hier sein Pausenbrot und seine Thermoskanne auf dem Beifahrersitz liegenlassen, Baumann bekam selber Hunger, als er sie zur Seite räumte. Er fragte sich, ob dieser Techniker zu den ganz Fleißigen gehörte, die in ihrer Arbeitswut sogar ihre Pausenbrote vergaßen, aber schließlich sah er den Mann mit schnellen Trippelschritten die Eingangstreppe herunterkommen. Baumann machte sich so klein wie möglich, was gar nicht so leicht war. Aber der Mann war in Gedanken und bemerkte ihn nicht. Als er die Tür öffnete, zog Baumann ihn mit einem schnellen Griff herein und hämmerte ihm die Linke zweimal in die Fresse. Er kam nicht einmal dazu, »Hey!« zu sagen. Baumann stahl die Aura des Bewusstlosen, inklusive all seiner Zugriffsrechte.

»Tut mir leid, Kumpel«, sagte er, als er den Schocker an den Hals des Technikers setzte.

Schlecht rasiert, dachte er beim Abdrücken. Der Mann zuckte. Wenn er aufwachte, würde er einen Brummschädel wie von zwei Flaschen Wodka haben und einige Millionen Nervenzellen weniger. Vielleicht eine milde Trübung der Erinnerung an diesen Tag. Das konnte Baumann nur recht sein. Er hoffte, die Sache in zehn Minuten erledigt zu haben.

Die Türen des Gebäudes öffneten sich sofort. Von den wenigen Angestellten, die hier noch arbeiteten, begegnete ihm niemand. Auch das war ihm recht, den Namens-Pin des Technikers hatte er sich zwar angesteckt, aber er schien ihn nicht zu brauchen. Drei Überwachungskameras, die wie heiße kleine Punkte vor seinen Crossover-Augen glühten, schaltete er über gefälschte Intranet-Befehle ab. Er hatte damit gerechnet, auf ähnliche Weise den Weg zum Serverraum ausspionieren zu müssen, aber ein Funkfeuer wie dasjenige, mit dem er Paula die Flucht ermöglicht hatte, geleitete ihn dorthin. Es war wohl für den Techniker angelegt worden, um ihm den Weg zur Arbeit zu zeigen. Die Tür war unauffällig (Kluge Amtsmenschen!); als er sie öffnete, fand sich dahinter eine zweite, die wirkte, als stamme sie aus einem Bunker. Sie öffnete sich problemlos, als er ihr seine Zugangsberechtigung präsentierte. Der Raum dahinter war von einem so blendenden blauen Leuchten erfüllt, dass Baumann zunächst die Computer nicht sehen konnte, von denen es ausging. Er musste seine Maschinensicht richtig einstellen, erst danach konnte er die ganze Bandbreite der Regenbogenfarben voneinander unterscheiden und einzeln anvisieren. Die Server des Tiefbauamts waren unerwartet aktiv, die Datenbestände unerwartet groß. Baumann kam zu dem Schluss, dass diese Maschinen möglicherweise den Datenverkehr anderer Behörden mitspiegelten, daher auch die massive Zweittür am Eingang. Die Suche nach einer simplen interaktiven Karte der Berliner Kanalisation gestaltete sich schwieriger, als er gedacht hatte. Mal rutschte er in Ausschnittskarten, mal bestand das Material aus Bautagebüchern und Dokumentationen von Ingenieuren und Architekten, die die Unterwelt in Stand hielten. Schließlich fand er die Karte, die er brauchte. Sie war lächerliche 461 Gigabyte groß und faltete

sich in seinem Körpernetz noch einmal kleiner zusammen, er musste sie gut markieren, um sie später überhaupt wiederzufinden. Gerade als er sie sicher verstaut hatte, fragte jemand hinter seinem Rücken:
»Was machen Sie da?«
Baumann dachte beim Umdrehen: Anfängerfehler.
Vor ihm stand ein klassischer Bürotyp in Anzug und Krawatte. Er hatte eine Halbglatze und den feuchten Blick eines Dauerlinsenträgers.
»Ich bin gleich fertig«, sagte Baumann, »ich räume hier nur noch auf. Die Maschinen laufen wieder rund.«
»Das hat mir Ihr Kollege vorhin schon bestätigt.«
Dann stutzte er, seine Augen weiteten sich und er erbleichte. Er hatte offenbar das Namensschild an Baumanns Revers entdeckt. Er schluckte.
»Sie … Sie sind nicht Herr Auer. Herr Auer sah ganz anders aus!«
Baumanns Gerade traf ihn voll in den Solarplexus. Der Mann klappte zusammen.
»Doch, doch«, sagte Baumann, als er seinen Schocker aus der Tasche zog, »das passt schon.«
Er schockte den Amtsleiter zweimal, dreimal, um ganz sicherzugehen, dass er sich an Baumanns Gesicht nicht mehr erinnern würde. Er durfte es natürlich nicht übertreiben, man konnte an einem Mehrfachschock aus diesen Geräten immer noch sterben; Baumann wusste nicht, ob der Mann nicht vielleicht einen Herzfehler hatte oder an Epilepsie litt. In den Krankenakten auf seinem Körpernetz fand sich dazu nichts, aber man konnte nie wissen. Sein Vorteil: Berührt hatte er im Serverraum nichts. Er entfernte die Log-

dateien von seinen Zugriffen und überprüfte noch einmal, ob die Computer vielleicht Bilder einer Überwachungskamera gespeichert hatten, die ihm entgangen war. Nichts. Dann verließ er zügig das Tiefbauamt.
In aller Seelenruhe stieg er in eine U-Bahn und fuhr zum Café Koschke in der Steintorstraße. Er mochte dieses Café mit seinen plüschbezogenen Stühlen, den gerafften Gardinen an den Fenstern und dem Geschirr, das mit seinen Blumenverzierungen und Goldrändern gediegen wirken wollte. Die Bedienung trug eine weiße Schürze, wie man sie in einem Kaffeehaus vor hundert Jahren erwartet hätte. Der ganze Laden war wie aus einer anderen Zeit, aus einer anderen Welt. Er trank einen Kaffee und lächelte dabei der blonden Bedienung zu, die nicht hübsch war, aber eine gute Figur hatte. Beim Öffnen der Karte entdeckte er zufällig, dass seine Aura immer noch auf den Namen des Technikers lief, den er niedergeschlagen hatte. Sofort stellte er die Tarnidentität, die er von den Piraten bekommen hatte, wieder her. Die geöffnete Karte verwirrte ihn. Die Kanalisation Berlins war eine zweite Stadt unter der Stadt, ein Katakomben- und Röhrensystem mit einer Geschichte, die bis ins 18. Jahrhundert zurückreichte. Bis er herausfand, dass die Karte wie eine Internetseite aufgebaut war und auch so durchsucht werden konnte, verging eine Weile, aber als er die Meyerbeerstraße eingab und die Einstiegsschächte abzählte, wurde er ziemlich schnell fündig. Es gab nur einen Schacht, dessen Einstieg sich *im* Keller eines Hauses befand. Und im Haus nebenan wohnten Flex und seine Mutter. Bingo, dachte er. Die kleinen Ratten sind in der Kanalisation.

Schmerzbekämpfung

In der Oberwelt schwammen sie jetzt in einem Ozean von Daten und diese Daten waren hauptsächlich bunt. Der Cyberspace war nicht, wie man sich das früher vorgestellt hatte, eine Kunstwelt ohne Bezug zur Realität. Die Daten ersetzten nicht die Dinge, die sie darstellten, sondern umgaben sie, und für den, der sie lesen konnte, gab es die elektromagnetische Welt nun zweimal, als Hardware und als Projektion. Straßenlampen hatten nur einen simplen roten Draht, der sie der Länge nach durchzog, aber aus den Motorhauben und Heckschutzscheiben von Autos schlugen kühle Geisterflammen. In den meisten dieser Karren war mehr Elektronik verbaut als früher in einem Rechenzentrum. Am interessantesten waren natürlich die Menschen. Wenn sie eingehüllt in ihren Strahlenkokon vorbeigingen, dann waren sie nackt vor den Augen der Piraten. Diese kleinen Hackerstreiche, dachte Menno, was waren das für primitive Angelegenheiten gewesen: Kreditkartennummern und die PINs von Bankomaten zu erhaschen, indem man den Leuten über die Schulter guckte, wenn sie sie in irgendwelche Terminals eingaben – wie arm, wie scheißarm, das Hackeräquivalent von Taschendiebstahl, eine Betätigung für Hungerleider. Jetzt strömten einem die Daten durch die Hände wie frisches, klares Wasser, wenn jemand nur vorbeiging. Faszinierend zu sehen, wie die Pracht der Aura mit der Höhe des Einkommens zusammenhing. Sie konnten nicht anders, sie mussten ein wenig spielen. Paula erhaschte

die Liebesbriefe einer eleganten Nachmittagsshopperin, als sie an ihr vorbeiging. Da war andauernd von »Schnuppelchen« und »Häschen« die Rede, die Piraten prusteten los vor Lachen. Vor einem Sportgeschäft untersuchte Menno das Körpernetz eines sympathisch aussehenden Mittvierzigers in Sakko und Hemd, er machte sich über die Gesundheitsdaten her und fand das Urteil der Krankenkasse zur genetischen Fitness des Mannes: »Normale Lebenserwartung, Genrisiken im Toleranzbereich, altersangemessene Prämienprogression«. Auf Deutsch: Der Mann hatte Glück. Sein Genmaterial war in Ordnung und er konnte zu vertretbaren Preisen versichert werden.
Dann trennten sie sich, um Medikamente gegen die Kopfschmerzen zu besorgen. Sie hatten sich die Identitäten von Fahrradboten angeeignet, die im Auftrag gebrechlicher Patienten oder ihrer Ärzte die starken Schmerzmittel abholten. Die Rezepte in ihren OmniKs waren astreine Fälschungen.
»Guten Tag!«, rief Menno gut gelaunt. »Ich soll für die Praxis Willimczik eine Kurpackung Dolornex abholen.« Er war der einzige Kunde in der Postapotheke Schönhauser Allee.
»Treten Sie bitte näher«, erwiderte der Apotheker. Sein Gesicht verriet Angst und Misstrauen.
Menno trat lächelnd an die Ladentheke. Warum war der Typ so vorsichtig? Der OmniK des Apothekers summte leise, als er mit Mennos Gerät kommunizierte. Er nickte kurz zu dem Ergebnis, die Prüfung war erfolgreich verlaufen. Dennoch schien er nicht zufrieden.
»Wenn du ein Fahrradbote bist, wo ist dann dein Fahrrad? Und dein Helm?«

Er griff unter die Theke. Menno wusste genau, was das zu bedeuten hatte: Der Kerl war drauf und dran, seine Panzerglastüren zu schließen und Alarm beim nächstgelegenen Polizeirevier auszulösen.

»Steht um die Ecke, der Bock. Sie sind hier nicht der Einzige, zu dem ich muss. Und Helme sind was für Mädchen, Meister.«

Der Apotheker schnaubte und sagte: »Nix als dumme Sprüche«, und tippte dann eine Kombination in die Tastatur an der Kasse ein. Sekunden später rutschte die Packung Dolornex in eine Ausgabeöffnung hinter ihm.

»Danke«, sagte Menno, als er die weiß-blaue, scheibenförmige Packung in seine Tasche steckte. »Da scheint's jemand dringend zu brauchen. Muss mich auf die Socken machen.«

Der Apotheker sah ihn weiter mit unverhohlenem Misstrauen an. Junge, Junge, dachte Menno, was du brauchst, sind mal ein paar von deinen eigenen Pillen. Und zwar von den gelben, den blauen, den grünen und den weiß-roten, die knallen am dollsten. Aber er ging ohne weiteren Kommentar zur Tür hinaus, den forschenden Blick des Apothekers im Nacken. Er hatte etwa fünf Minuten, um abzuhauen, dann würde der Rezeptwiderruf der Praxis Willimczik bei dem Apotheker eintreffen, und er würde die Polizei alarmieren.

Kaum aus dem Laden, fand Menno eine Ecke, die nicht von einer Videokamera überwacht wurde (er überprüfte das mit seiner Crossover-Sicht), drehte seine Wendejacke um, setzte eine Baseballmütze auf und seine verspiegelte Sonnenbrille.

Am Treffpunkt, einem kleinen, vergessenen Hinterhofspiel-

platz, traf er auf Flex, der ein Gesicht zog. »Totale Pleite«, sagte er. »Ich bin gar nicht erst reingegangen. Da war eine Karre in der Nähe, die stank so nach Polizei in Zivil, dass ich mir beinahe die Nase zuhalten musste. Dann sind auch noch zwei Typen ausgestiegen und ich hab mich vom Acker gemacht. Die sind mir hinterher, aber ich hab sie abgehängt – war klasse mit den öffentlichen Funkfeuern und Crossover. Hab sie abgeschüttelt.«
»Bist du sicher?«, fragte Menno und sah sich nervös um.
»Ziemlich.«
Paula ließ sich nicht blicken. Menno und Flex fürchteten schon das Schlimmste. Als Paula dann doch endlich kam, wirkte sie äußerlich beherrscht, aber Flex und Menno sahen doch die Anstrengung in den Mundwinkeln, in den verkrampften Schultern. Ihr blaues T-Shirt hatte Schweißränder unter den Achselhöhlen. Sie erzählte, dass sie in ihrer Apotheke gleich die dicke Luft bemerkt hatte. Statt nach dem Schmerzmittel zu fragen, hatte sie dann mit der Apothekerin ein Gespräch über das teuerste Shampoo im Haarpflegeregal angefangen: Ob das auch ohne Tierversuche hergestellt sei und so weiter. Dann war sie ohne Dolornex abgezogen.
»Die sind doch nicht wegen uns so aufgescheucht«, sagte Menno. »Da läuft doch was anderes.«
An der nächsten Litfaßsäule fanden sie es heraus. Das Nachrichtenterminal, das in der Säule eingebaut war, strahlte einen Fahndungsaufruf aus: Eine Jugendbande hatte sich offenbar in den Kopf gesetzt, alle Berliner Apotheken, die noch Ladengeschäfte betrieben, der Reihe nach zu überfallen. Sie hatte es offenbar hauptsächlich auf Schmerzmittel abgesehen.

»Bei unserem Glück«, knurrte Paula, »laufen wir demnächst direkt der DaSi in die Arme. Oder Baumann.«

»Unser Glück«, entgegnete ihr Menno scharf, »hat zum Beispiel dafür gesorgt, dass wir genau das bekommen haben, was wir wollten.«

»Schon gut.«

Menno konnte sie ja verstehen. So fühlte man sich eben, wenn man keinen Plan hatte, wenn man in der Defensive war. Das Dolornex war gut, ein Plan wäre besser gewesen. Sie mussten anfangen zu kämpfen.

Eis

»Sie scheinen Ihre Situation noch nicht ganz begriffen zu haben, Baumann.«

Baumann mochte es nicht, wie der Chef der Anzugträger seinen Namen aussprach. Sein Gesicht war nicht richtig erkennbar. Baumann hörte auch im Moment nicht gut. Die geblümte Tapete in dem Zimmer schien sich immer dann hin und her zu bewegen, wenn er sich nicht auf sie konzentrierte.

»Wir haben sie auf die Empfehlung von Freunden hin engagiert, weil man ein gutes Wort für Sie eingelegt hat. Und bisher war ja auch alles in bester Ordnung. Sie haben diese Piratengruppe für uns gefunden, sie haben sie infiltriert, sie haben sie infiziert. Jetzt brauchen wir Sie, um die Kinder wieder einzufangen. Und Sie kommen daher und machen uns Kummer.«

Der Mineralwassertrinker seufzte. Er litt offenbar schwer, wenn Untergebene ihm Kummer machten.

»Was soll das heißen, die Kinder sind in der Kanalisation? Die Berliner Kanalisation ist groß. Wo sind die Kinder? Wann bringen Sie sie her? Die Zeit wird knapp. Nehmen wir an, jemand anders wird auf ihre ungewöhnlichen Fähigkeiten aufmerksam. Was dann? Das wäre ein echtes Desaster für uns. Das möchten wir verhindern. Damit Sie bessere Arbeit leisten, müssen wir Sie ein wenig motivieren.«

»Ja, du mich auch«, wollte Baumann sagen, aber er kam nicht dazu. Eine große Kälte hatte auf einmal von ihm Besitz ergriffen, aus der Mitte seines Wesens. Er gefror von innen: Die Kristalle verbreiteten sich von seinem Herz aus, das ein roter Brocken gefrorenes Fleisch geworden war. Die Schmerzen waren ungeheuer. All seine Nerven waren zu vereisten Telegrafendrähten geworden, umwickelt von einem Stacheldraht aus nadelspitzen Eiskristallen. Sein Blut, dick wie Sirup, floss nur noch träge. Baumann wollte schreien, aber er konnte nicht.

»So gehen wir mit Versagern um«, sagte der Anzugträger. »Sie wollen doch kein Versager sein, oder?«

Baumann schreckte aus dem Traum hoch und saß sofort aufrecht in seinem Hotelbett. Sein Herz hämmerte, er atmete schwer. Noch mit der Kälte des Traums in seinem Leib kniff, rieb und umarmte er sich abwechselnd. Aber das Gefühl der Kälte in seinen Knochen war so real, er konnte es für Minuten nicht abschütteln. 16.52 Uhr, sagte die rote Digitalanzeige des altmodischen Radioweckers auf dem Nachttisch. Eigentlich hatte er sich nur kurz ausruhen wollen nach dem anstrengenden Morgen im Tiefbauamt, aber er musste fest eingeschlafen sein. Schauderhaft. Er träumte doch sonst nicht. Auf dem Weg zum Bad kam ihm ein furchtbarer Gedanke: Was, wenn das kein normaler Traum gewesen war? Sondern eine Botschaft aus seinem frisierten Körpernetz? Seine Intuition sagte ihm, dass das wahr sein musste. Schockiert ließ er sich auf einen abgenutzten Sessel in der Fernsehecke sinken. Die hatten ihn völlig in der Hand.

Zittern

Paula musste raus. Sie wusste nicht genau, wohin, aber in diesem Bunker hier wurde sie noch wahnsinnig. Flex und Menno konnten hier vielleicht die coolen Untergrundkämpfer spielen (Untergrundkämpfer, dachte sie, ha!), aber sie hatte die Schnauze voll. Die Medikamentenbeschaffung, die beinahe schiefgegangen war, hatte ihr den Rest gegeben. Sie musste mit jemandem reden. Kurz vor zwei Uhr nachts, als die beiden anderen fest schliefen, kroch sie aus ihrem Schlafsack und schlüpfte aus dem Versteck. Sie nahm den leichteren, aber riskanteren Ausgang über den Westpfeiler der Oberbaumbrücke, Kanaldeckel waren ihr allein zu schwer. Das Schloss an der Stahltür nach draußen hatte Flex so manipuliert, dass man es mit einem festen Schlag gegen das Türblatt öffnen konnte. Paula stand auf dem schmalen Sims, sah die wenigen Lichter am ehemaligen Osthafen und hörte die Spree unter sich glucksen. Sie lauschte, ob vielleicht irgendwelche Boote auf dem Wasser unterwegs waren – alles still. Über ein paar Eisenkrampen kletterte sie hoch zur Brücke, und weil um diese Zeit der Autoverkehr dort recht schwach war, konnte sie unbeobachtet über das Geländer springen. Umgekehrter Selbstmord, dachte sie. Ich geh nicht ins Wasser, ich komm aus dem Wasser. *Schlesisches Tor* war die nächste U-Bahn-Station.

Der Penner im Sitz gegenüber sabberte im Schlaf, ein dicker Spuckefaden verband seinen verschorften Mundwinkel und die elend schmutzige, karierte Jacke. Er sah aus, als gehöre er zur ersten Generation der Gelöschten, zu denen, die als Erste erfahren hatten, wie schmerzhaft es war, sein Körpernetz zu verlieren. Sie hätte sich wegsetzen können, aber sie wollte nicht. Der Wagen war wie alle U-Bahn-Wagen videoüberwacht und sie wollte auf keinen Fall die Aufmerksamkeit eines gelangweilten Video-Operators erregen, der dann seine Kumpels von der Transport-SecurAG anrufen und ihnen sagen würde: »Hab da jemand in Wagen 7, ziemlich nervös. Ich geb euch durch, wenn sie aussteigt; checkt die mal ab.« Nein, sie wollte unauffällig und brav sein. Vor allem wollte sie aufhören zu zittern.

Ihre Straße war völlig verlassen. Niemand mehr unterwegs um die Zeit, nur die Fenster waren hell erleuchtet von den lichtstarken Wandschirmen, die die Fernsehprogramme in die Wohnungen warfen. Sie nahm ihre Kapuze ab, um besser zu hören, die Empfindlichkeit ihrer Augen regelte sie so herauf, dass sie den schwachen Aurenabglanz mancher Leute durch die Hauswände strahlen sah. Es war ganz einfach, sie öffnete die Haustür mit ihrem Schlüssel, wie immer. Das Licht schaltete sich automatisch ein, dagegen konnte sie nichts machen. Niemand im Treppenhaus. Ohne einen Laut gelangte sie in die Wohnung. Das hatte sie oft geübt, um spätabends unbemerkt nach Hause kommen zu können. Sie schlich sich vor. Es flimmerte unter der Wohnzimmertür durch. Ihr Vater sah fern. Sie legte die Hand auf die Klinke der Tür und drückte sie so sanft hinunter, wie sie das noch nie getan hatte. Wie ein Schatten glitt sie in das Zimmer. Nichts quietschte, nichts knarrte, sie kannte diese Wohnung auf den Zentimeter genau. Ihr Vater saß in seinem Sessel und schlief. Der Fernseher lief. Der

Wandschirm zeigte ein Fußballspiel, Rot gegen Gelb, 2:0. Mit einem Schritt wäre sie bei ihrem Vater gewesen, um ihn zu wecken, um ihm alles zu erzählen, um ihm zu sagen, dass sie am Leben war. Aber sie ließ es bleiben. Sie war so enttäuscht. Dieser Schnarcher da konnte ihr doch nicht helfen! Er würde sie nicht einmal verstehen. Wahrscheinlich als Erstes an die Polizei denken und glauben, dass die es schon richten würde. Hoffnungslos. Es war wie immer: Wenn sie ihn wirklich brauchte, konnte er nichts für sie tun. Als sie sich umdrehte, schnarchte er laut auf und drehte sich auf die andere Seite. Sie erstarrte, aber nichts passierte. Die regelmäßigen Atemzüge setzten wieder ein und sie schlich sich hinaus, wie sie gekommen war.

Auf der Straße wusste sie sofort, dass sie verfolgt wurde. Es war ein Kribbeln an einer bestimmten Stelle ihres Nackens, kurz unterhalb der Schädelbasis. Sie kannte das Gefühl seit ihrer frühesten Kindheit und es hatte immer nur eines bedeutet: Gefahr. Sie kämpfte die Panik nieder und beschloss, den Verfolger in die U-Bahn zu locken, denn das war ihr Terrain, dort kannte sie sich genau aus. An der übernächsten U-Bahn-Station fuhren Linien, die nicht an der Oberbaumbrücke vorbeiliefen. Sie musste den Jäger weglocken, die Spur verwischen. In den verkachelten Gängen zu den Bahnsteigen lauschte sie, aber sie hörte niemanden hinter sich, alles schien normal. Nur wenige Passanten kamen ihr entgegen. Ein paar Transport-SecurAG-Bullen. Auch der Bahnsteig war leer bis auf zwei Trapos, die sie aus der Entfernung kurz beäugten, sie hatten wohl Schichtende, wollten nach Hause. Kein Verfolger zu sehen und trotzdem wusste sie genau: Er ist da. Der Zug kam, sie stieg ein. Sie war die Einzige im Waggon. Durch die Tür zum nächsten Waggon sah sie die beiden Trapos, einer von ihnen hatte ihr den Rücken zugewendet, mit der rechten Hand hielt er sich an einer Halteschlaufe fest. Er schwankte im Rhythmus der Fahrt. Am Kottbusser Tor wechselte sie die Linie, auch dort nur leere Bahnsteige, Berlin war entvölkert. Aber das Gefühl an ihrer Schädelbasis wurde stärker. Wo ist er, dachte sie.

Sie begriff erst, als er zuschlug, als er sie, blitzschnell aus einer Wandnische vorschießend, an sich riss. In den Sekundenbruchteilen, die er brauchte, um sie zu drehen, ihr den rechten Arm schmerzhaft auf den Rücken zu biegen, erkannte sie, dass es Baumann war, dass er als Trapo ging in dieser Nacht, immer in ihrer Nähe gewesen war, vom ersten Bahnsteig an, und es war ihr einfach nicht aufgefallen, weil sie ihn nicht in dieser Uniform erwartet hatte. Sie schrie wie am Spieß, vor Schmerzen, vor Wut, sie schrie, so laut sie konnte. »Du Schwein!«, schrie sie. »Lass los!« Zwei seiner Kollegen, zufällig aus dem gleichen Zug gestiegen, wurden aufmerksam und kamen langsam näher. »Alles klar?«, rief einer von ihnen, wohl im Vertrauen, dass der Kollege mit einer Streunerin fertig wurde, aber man ging mal hin, zur Sicherheit. Nicht gut für Baumann, die Aufmerksamkeit konnte er nicht brauchen. Paula spürte ein winziges Zögern in ihm und sie bekam einen Arm frei. An dem anderen zog sie wie eine Besessene, sie zwang ihn, Kraft aufzuwenden, und schrie weiter: »Du Schwein! Du Drecksau!« Das gefiel den beiden Trapos gar nicht. Gab es ein ernsthaftes Problem, wurde einer ihrer Kollegen beleidigt? Mit der kleinen Schlampe würden sie Schlitten fahren.

»Alles klar?«, fragte der eine von ihnen erneut, das war wohl sein Standardspruch.
»Alles klar«, rief Baumann, während Paula versuchte ihn mit ihrem freien Arm zu schlagen. »Schwarzfahrerin!«
»Okay!«, schrie der Alles-klar-Trapo und fischte jetzt auch nach ihrem Arm. Dabei behinderte er aber Baumann. Instinktiv sah Paula ihre Chance und riss sich los, sprang zwischen den beiden echten Trapos durch, ihre leichten Turnschuhe bekamen Tritt und sie flog: über den Bahnsteig, die stehende Rolltreppe hinauf, durch eine Kachelröhre, unter flüssigem Neon, ihr Atem ein Feuer wie von leichtem Benzin, alles brennbar. Auf die Barrieren zu, die sich nur für brave Fahrgäste mit Tickets in den Körpernetzen öffneten. Paula konnte nicht darauf warten, dass ihr gefälschter Fahrausweis geprüft wurde, sie sprang – und knallte gegen die Gummiarmierung eines Absperrbügels, wurde aus der Bahn geworfen, fiel hin und kam aus dem Schwung des Sturzes wieder auf die Beine, ihr rechter Knöchel tat weh, hinter ihr ging ein Alarm los, scheißegal, sie flog, die Treppe hinauf, in die kühle Berliner Nacht.
»Baumann hätte dich beinahe *erwischt*? Und das, weil du ohne unser Wissen allein zu deinem *Vater* gefahren bist?«
Paula konnte vor Beschämung kaum nicken. Menno blies sich mal wieder auf und Flex ging es auf die Nerven, obwohl auch er Paulas Aktion unmöglich fand. Wie hatte sie nur so dumm sein können? Wenn jemand Paula beobachtet hatte, wie sie aus der Tür im Brückenpfeiler gekommen war, dann waren sie geliefert.
Paula fing an zu weinen.
»Ich will nur sicher sein, dass ich das richtig verstehe«, sagte

Menno. »Du schleichst dich hier raus, rennst zu deinem Vater, hast das unglaubliche Erlebnis, ihn vor dem Fernseher herumdösen zu sehen, und auf dem Rückweg wirst du von Baumann fast *geschnappt*?«

»Hör mal«, sagte Flex, »wir sind hier nicht bei der DaSi. Wir haben alle Bockmist gebaut. Deswegen sitzen wir hier.«

Menno stand schnaubend auf und drehte ihnen den Rücken zu. Er schien außer sich vor Wut zu sein. Paula weinte still vor sich hin. Flex konnte das nicht mit ansehen, er wandte sich ab. Auch er hatte einen Kloß in der Kehle. Er hatte schon längst Kontakt zu seiner Mutter aufnehmen wollen, aber er wusste ja, das ging einfach nicht. Paula, die sich mit ihrem Vater nicht gut verstand, hatte es wenigstens irgendwie versucht. Dumm, sicher, aber auch verständlich. Und Baumann, das Schwein, hatte geahnt, dass sie weich werden würde. Er konnte Paula einschätzen, weil sie ihm schon einmal in die Hände gefallen war. Aber Menno, der gute, schlaue, berechnende Menno, rastete natürlich aus, weil er Paula für zu schwach hielt. Gleich schreit er los, dachte Flex. Aber Menno tat etwas völlig Überraschendes. Er drehte sich um, rückte seinen Stuhl an den von Paula heran und legte seinen Arm um sie. Aber nicht wie einer, der das Trösten gelernt hat, nicht wie ein Therapeut, sondern wie jemand, der selbst Trost braucht. Er legte seinen Kopf auf ihre Schulter. Mit geschlossenen Augen wirkte er viel älter als fünfzehn. Paula neigte sich ihm zu, immer noch weinend.

Das musste Flex erst verdauen. War das jetzt pure Heuchelei von Menno oder was? Sorgte er sich nur um Paulas Zuverlässigkeit, wollte er sie nur ein wenig moralisch aufbauen? Oder war er, Flex, einfach nur eifersüchtig? Flex konnte nichts tun als seine Gefühle runterschlucken und warten, bis die beiden sich wieder voneinander lösten. Menno rieb sich das Gesicht mit den Händen, Paula wischte sich die Tränen ab. Ihre Augen waren rot, in dem kalten Licht hier unten wirkten sie richtig entzündet. Flex räusperte sich.

»Okay«, sagte er. »Also, eins wissen wir ja jetzt ganz genau. Die Leute, die Baumann zu uns geschickt haben, haben uns nicht vergessen, ganz im Gegenteil. Sie suchen nach uns. Das ist mal Punkt eins. Zweitens würde ich sagen, dass Baumann und seine Leute nicht von der DaSi sind. Das kommt aus einer ganz anderen Ecke. Und da wird's finster. Wer könnte uns zu Versuchskaninchen für ein geheimes Crossover-Experiment gemacht haben? Keine Ahnung. Wer könnte uns was dazu sagen? Keine Ahnung. Ich wüsste das aber gern. Dann könnten wir nämlich planen, wie wir rauskommen und abhauen. Ich will damit eigentlich nicht warten, bis Baumann uns gefunden hat.

Menno lächelte plötzlich so wissend.

»Alles korrekt, Flex. Und deswegen müssen wir jetzt Erkundigungen einziehen. Im Gegensatz zu dir weiß ich auch schon, wo. Wir gehen zu Ernie the Bert.«

Flex und Paula klappte die Kinnlade herunter.

Baumann hatte nicht alles falsch gemacht. Die Idee mit der Trapouniform war gut gewesen, sie hatte ihn nahezu vollständig unsichtbar gemacht. Zwei Nächte zu investieren, um Paula beim Haus ihres Vaters aufzulauern, war auch richtig gewesen. Sie war die Schwächste in der Gruppe, auf sie würde er sich auch weiterhin konzentrieren müssen. Er

war bei der Verfolgung des Mädchens in der U-Bahn richtig vorgegangen. Als er gemerkt hatte, dass sie ihn mit ihrer Herumfahrerei zum Narren halten wollte, hatte er zugeschlagen. Er war ganz knapp davor gewesen, sie zu betäuben und einzupacken. Dann, mit einem Mal, hatten sich seine Schachzüge in Fehler verwandelt. Durch das Auftauchen der beiden echten Trapos und die Gegenwehr Paulas. Nachdem sie ihm entkommen war, hatte er kurz an Selbstmord gedacht. Die Anzugträger würden ihn wieder in ein Hotel bestellen oder ihm einen dieser Kälteträume schicken. Er konnte das alles beenden, hier und jetzt, durch einen Sprung auf die Gleise. Eigentlich eine ganz logische Sache.
Dann fiel ihm etwas ein, was ihn ungeheuer erleichterte. Als er Paula zur Flucht aus der Polizeistation verholfen hatte, hatte er sie mit einem Schlüssel zum Öffnen des Notausgangs versehen. Er war auf der Magnetkarte gespeichert gewesen. Diese simple Zahlen- und Buchstabenkombination trug sie wahrscheinlich noch immer mit sich herum, denn sie war in einer Schicht ihrer Aura gespeichert worden, die nur durch eine Tiefenlöschung entfernt werden konnte. Alle Körpernetz-Lesestationen, von den Kassenautomaten im Supermarkt bis zu den Zugangssperren in der U-Bahn, würden diesen Schlüssel registrieren und abspeichern, selbst wenn sie nichts damit anfangen konnten. Baumann konnte auf P-LAN-Lesestationen zugreifen, er hatte Crossover. Die Magnetkarte besaß er auch noch. Mit anderen Worten: Er hatte eine Spur von Paula, die immer heiß blieb.
Der Anruf kam mitten in der Nacht. Er wusste gleich, wer dran war.

»Ich hatte das Mädchen beinahe«, hörte er sich sagen, mit gebrochener Stimme, wie bei einem Diener, der gepatzt hat und nun um Gnade winseln muss. »Sie ist mir entkommen. Aber nicht für lange. Sie setzt überall eine Spur, der ich folgen kann. Sie wird mich zu ihren Freunden führen.«

Stille am anderen Ende der Leitung, schlimmer als jeder Vorwurf. Dann kam eine überraschend milde Antwort:

»Gut. Wir haben eine neue Anweisung für dich. Entsorgung.«

»Warum?«, wollte Baumann fragen, aber er ließ es bleiben.

»Bestätige«, hörte er sich stattdessen sagen. »Keine Aufbewahrung, sondern Liquidation.«

»Korrekt«, sagte die Stimme. Dann kam nur noch das Rauschen aus der Leitung. Baumann lag in kaltem Schweiß, erst Stunden später schlief er wieder ein.

»Mist«, sagte Flex und blieb stehen, hob das Bein an und stützte sich an einem rostigen Pfeiler ab, der sich gerade anbot. »Ich glaub, ich hab mir den Fuß verknackst!« Der Schmerz pochte in seinem rechten Knöchel.
»Schlimm?«, fragte Menno. Er klang ziemlich ungeduldig.
Flex war immer noch völlig perplex. Menno konnte es anscheinend kaum erwarten, auf Ernie the Bert zu treffen.
Flex atmete durch. Dann testete er seinen Knöchel an und fand, dass es schon wieder besser ging. Nicht verknackst, nur Warnschuss.
»Geht schon wieder«, sagte er und sie tasteten sich weiter vor durch all den Eisenschrott, der ihnen im Weg lag.
Die Fabrikhalle war gigantisch groß, ihr Boden knöcheltief bedeckt mit allen Arten von verrosteten Kleinteilen. Schrauben, Muttern, Nägel, Scharniere waren hier wie Sand ausgeschüttet worden, und wie Inseln erhoben sich aus diesem Meer an Rost größere Maschinen, zusammengeschobene Trümmerhaufen oder ganze, meist regelmäßig zugeschnittene Blöcke reinen, verrostenden Stahls. Flex hatte einmal ein Bild von japanischen Steingärten gesehen, er musste angesichts all des Rostes daran denken. Das war ein Rostgarten hier, dem ein wenig die Pflege fehlte. Durch das löcherige Dach konnte man sehen, dass es draußen immer dunkler wurde.
Ernie the Bert! Was um alles in der Welt wollten sie bei Ernie the Bert? Ernie war die kaputte Uhr der Piratenszene.

Früher war er ein begnadeter Hacker gewesen, hieß es, aber dann war bei ihm irgendwann die eine entscheidende Tasse aus dem Schrank gefallen. Jetzt warb er mal mit handgeschriebenen Zetteln für die »Revolution«, mal schrieb er geniale Konzepte für Datenbankanwendungen, die er aber nie verwirklichte. Mal wohnte er in irgendwelchen Gartenlauben, mal in alten Fabriken, überall dort eben, wo man ihn nicht vertrieb. Trotzdem gab es Leute, die ihn ernst nahmen. Manche hielten ihn nur für eine Art Techno-Penner, anderen galt er als Wahrsager. Tatsache war: Er wurde von erstaunlich vielen Leuten um Rat gefragt. Flex konnte über Mennos neue Hochachtung für ETB nur staunen, denn noch vor kurzem hatte Menno über den komischen Kauz hergezogen, als sei er sein schlimmster Feind. Über Leute, die zu Ernie gingen, könne er nur lachen, hatte Menno gesagt, Aberglaube lasse sich halt nicht ausrotten, die Dummen würden ja nie aussterben, und so weiter. Es war für Flex und Paula klar, dass Menno Ernie vor allem deswegen nicht ausstehen konnte, weil er über eine Autorität verfügte, um die Menno ihn beneidete. Ja, man konnte sogar vermuten, dass Menno sich nur deswegen zum Häuptling über ihn und Paula aufgeschwungen hatte, um seinem Rivalen ETB etwas entgegenzusetzen, einen eigenen Club, einen eigenen Auftrag, eine eigene Autorität. Und jetzt das. Menno ging *persönlich* hin und wollte Ernie the Bert um Rat fragen. Sehr seltsam. Und da war noch etwas, was Flex beunruhigte: Manche in der Szene behaupteten, Ernie sei ein Bullenspitzel.

»Hör mal«, sagte er, während er hinter Menno herstolperte. »Ist das wirklich so schlau? Ich meine ... die Gerüchte ...

dass er, na ja … du weißt schon …« Flex sprach solche Verdächtigungen nur ungern aus.

»Ich geb nichts auf Gerüchte«, sagte Menno und schob ein verrostetes Eisenteil mit dem Fuß zur Seite. »Ich bin für Fakten.«

»Aber es könnte eine Falle sein«, meinte Paula. »Wir wissen ja nicht einmal, ob er hier ist.« Die Quellen waren sich über Ernie the Berts Aufenthaltsort nicht sicher gewesen. »Im Schraubenheim vielleicht«, hatte es geheißen. »Schraubenheim« war der Piratenname für das alte Fabrikgelände, das sie gerade durchstreiften. Es wurde immer dunkler. Bald würden sie ihre Taschenlampen benutzen müssen, dann würden ihre Chancen, Easy B zu finden, auf null sinken, während ihre Chancen auf eine Nacht mit einem Häufchen rostiger Schrauben im Genick dramatisch steigen würden. Flex fröstelte bei dem Gedanken daran. Da war ja das Versteck im Brückenpfeiler noch gemütlicher. Der Himmel versprach im Moment eine sternenklare, kühle Nacht.

»Er ist hier«, beharrte Menno.

Genau in diesem Moment flammten mehrere Scheinwerfer auf. Wie angewurzelt blieben die drei stehen, rissen die Arme hoch, um ihre Augen vor dem Licht zu schützen. Zwei Gedanken schossen Flex durch den Kopf: »Sie haben uns!« und »Wohin?«

»Was ist los?«, schrie jemand in der Nähe und Flex begriff erst, dass es sich um Paula handelte, als er Schritte hörte: Sie versuchte zu fliehen. »Stehen bleiben! Uns passiert nix!« Das war Mennos Stimme. Flex versuchte blinzelnd, die Hand von den Augen zu nehmen, aber das brachte nichts, er wurde immer noch geblendet. Wenn er jetzt loslief, würde

er nur stolpern und fallen, also blieb er stehen. Paula floh und fiel. Höhnisches Gelächter von allen Seiten. Dann plötzlich schepperte Marschmusik auf sie ein, als seien sie in eine Militärparade hineingeraten. Die Musikinstrumente dröhnten, wummerten, tirilierten und fiedelten, und die Stiefel unsichtbarer Regimenter knallten aufs Pflaster. Flex glaubte jetzt nicht mehr, dass die Polizei sie gefunden hatte. Es war viel schlimmer. Sie waren in den Händen von Bekloppten.
»Easy!«, brüllte Menno, so laut er konnte. »Easy does it!«
Na super, dachte Flex. Menno versucht den Autoritätstrick bei den Bekloppten. Wird sie schwer beeindrucken. Der Krach verstummte sofort. Das Licht wurde schwächer. Flex senkte die Hand.
Zwischen den Scheinwerfern, die jetzt im Vergleich zu vorher nur noch ein Glimmen abstrahlten, konnte man die dunklen Umrisse eines Mannes erkennen. Seine Aura war enorm, die Konturen seiner Silhouette verschwanden fast darin. Ein Geist, dachte Flex, ein Geist. Der Mann löste sich aus den Schatten, trat ins Licht, seine Aura verschwand und er gähnte herzhaft. Alt war er, Mitte dreißig ungefähr, er hatte sogar Lachfalten um die Augen und allein das qualifizierte ihn in Flex' Augen schon als Vollfreak. Noch mehr musste er aber über die Kleidung des Komikers staunen: ein knallgelber Overall mit einem roten V auf der Brust. Easy B sah aus, als sei er einem schlechten Superheldencomic entsprungen. Als Flex ein wenig in seiner Aura blättern wollte, sah Easy erstaunt zu ihm hinüber. Er hat es gemerkt, dachte Flex. Wie kann das sein?
Ernie sagte: »Eene, meene, miste, wer schleicht hier auf der Piste?«

Yeah, dachte Flex nur, yeah.
»Hör schon auf mit der blöden Reimerei«, blaffte Menno. »Mich kennst du ja und das hier sind Paula und Flex.«
»Ach ja«, sagte Easy, »der gute alte Menno. Immer gleich beim Geschäft.« Er kam auf sie zu und schaute Flex und Paula ins Gesicht, musterte sie von oben bis unten und sagte dabei ein paarmal »Hm« und »Ah ja«. Er schien alle Zeit der Welt zu haben. Schließlich lachte er und verkündete: »Mitkommen. Ihr seid eingeladen.«
Plötzlich hatte er eine starke Taschenlampe in der Hand. Er lief los.
Sie folgten ihm. Flex beugte sich zu Menno hinüber und flüsterte:
»Der ist doch behämmert, oder?«
Statt Menno antwortete Easy:
»Das hab ich ge-hö-ört! Macht mir nichts au-haus!«
»Na dann ist ja gu-hut!«, rief Menno zurück und Easy lachte. Paula beteiligte sich an all dem überhaupt nicht, sie trottete den anderen nur mit gesenktem Kopf hinterher.
Die Unterkunft passte zu Easy. Zwei gigantische, einander gegenüberstehende Transformatoren hatte er mit Hilfe von drei Stahlplatten in ein Haus verwandelt: rechts eine, links eine, oben eine, fertig. In eine der Seitenplatten war mit dem Schweißbrenner eine Öffnung hineingeschnitten worden, als Tür diente schweres Filztuch, über die Deckenplatte hatte er ein wenig Teerpappe gespannt. »Und schon regnet es hier fast gar nicht hinein«, sagte Easy, als er ihnen die ganze Pracht zeigte. All das kann er nicht allein gebaut haben, dachte Flex. Er hat Helfer, Freunde, die für ihn sogar tonnenschwere Stahlplatten bewegen. Wahrscheinlich

seine Bewunderer. Wahrscheinlich sind ein paar von ihnen in der Nähe.

»Setzt euch doch.«

Das war einfacher gesagt als getan. Alles war mit Büchern und technischen Geräten vollgestopft. Man musste sich einen Platz erst freischaufeln.

»Ich hab leider gar nix da, also kann ich euch auch nix anbieten«, meinte ETB. »Was führt euch her?« Er wirkte jetzt gelangweilt.

»Wie bist du eigentlich an Crossover gekommen?«, fragte Menno.

»Was …«, fragte Flex und Menno brachte ihn zum Schweigen, indem er abwehrend seine rechte Hand hob.

Auf Easy B hatte Mennos Frage eine einschneidende Wirkung. Er setzte sich ruckartig auf. Langeweile, Verträumtheit, Blasiertheit waren mit einem Mal aus seinem Gesicht verschwunden. Seine rechte Hand wanderte hinter einen Bücherstapel, der neben seinem Tisch stand.

»Crossover«, sagte er, »sonst noch was?«

»Weißt du, Easy«, sagte Menno in leichtem Plauderton, »das ist ganz einfach. Du kannst alles leugnen. Und ich kann versuchen in dein Körpernetz einzudringen und dort herumzuschnüffeln, und du kannst versuchen das abzuwehren. Du kannst uns mit der Kanone in die Flucht schlagen, die du da in der Hand hältst, oder deine Freunde zu Hilfe rufen, die hier in der Nähe herumlungern. Oder du gibst einfach zu, dass du Crossover in dir drin hast, genau wie wir. Wir sitzen im selben Boot. Lass die Knarre stecken.«

Jetzt reichte es Flex.

»Was redest du da eigentlich? Woher willst du das wissen?«

Menno machte sein schlaues Gesicht.
»Ich hab einfach ein bisschen nachgedacht, lieber Flex. Easy und ich, wir kennen uns ja nun schon länger. Ich hab das nie geglaubt mit der Wahrsagerei und dem ganzen Stuss, aber irgendeinen besonderen Trick hatte er, das stand ja mal fest. Und es hat mich wahnsinnig geärgert, dass ich nicht wusste, wie er es anstellte. Gestern Morgen musste ich an meinen alten Freund Easy denken, und weil wir uns ja in den letzten Tagen intensiv mit Crossover beschäftigt haben, klickte es bei mir. Ich fragte mich: Was wäre eigentlich, wenn die mysteriösen Fähigkeiten von Ernie was mit Crossover zu tun haben?«
»Du verfluchter Hund«, unterbrach ihn Easy. »Du verflucht schlauer Hund. Hab's ja immer gewusst, dass mir eines Tages einer draufkommt. Dass das ausgerechnet du sein musst, ist natürlich bitter. Na, dann erzählt mal. Ich bin gespannt auf eure Story.«
»Einen Augenblick«, warf Flex ein. »Warum sollten wir dir trauen?«
Easy schnaubte verächtlich.
»Das ist ja wohl ein Witz, oder? Ihr kommt hier einfach angelaufen, enttarnt mich und wollt mir dann erzählen, dass *ihr* misstrauisch gegenüber *mir* seid? Wer sagt mir denn, dass *ihr* vertrauenswürdig seid? Ich sollte euch aus dem Verkehr ziehen! Zu meiner eigenen Sicherheit!«
Er war jetzt wirklich wütend. Seine Hand war wie zufällig wieder hinter den Bücherstapel geraten.
»Jetzt mal ganz ruhig«, sagte Menno, nachdem er einen schnellen Blick mit Flex gewechselt hatte. »Ich vertraue dir. Flex, wie ich eben schon sagte: Wir sitzen hier alle im sel-

ben Boot. Easy, ich sag's nur ungern: Wir brauchen deine Hilfe. Vertrauen gegen Vertrauen.«

Und dann erzählte er ihm alles. Von Paulas Verhaftung, von Baumann, von der Infektion, der Flucht, dem Versteck (auch wenn er für sich behielt, wo das war), wie Paula von Baumann beinahe geschnappt worden war. Und er betonte, wie wichtig es für ihn, Paula und Flex sei, jetzt endlich zu wissen, wer hinter ihnen her war. Easy hörte gespannt zu.

»Ja, das passt«, sagte er, als Menno fertig war, und rieb sich die Augen. »Das passt leider nur zu gut. Meine Geschichte geht so. Vor ungefähr zehn Jahren hatte ich ein paar kleinere Probleme mit der SecurAG und der DaSi. Man könnte sagen, ich war in einer ähnlichen Situation wie du, Paula, nachdem du an dieser Lovebox rumgemacht hattest.« Paula nickte müde. »Ich saß auch schon auf dem Polizeirevier. Ich dachte: Das war's, jetzt wirst du gelöscht. Na ja, und dann kam das Angebot. ›Entweder wir löschen dich jetzt‹, sagten sie zu mir, ›oder du bist kooperativ.‹ So hat er sich ausgedrückt, der Bulle, der mich da verarztet hat. Dann sag ich, dass ich gerne kooperieren würde, wenn ich nur wüsste, wobei, und er meint, das würde ich schon erfahren, also Ja oder Nein? Ich sage Ja, weil ich sowieso nichts mehr zu verlieren habe, und er telefoniert. Zehn Minuten später sitze ich in einer Karre, wie ich sie noch nie von innen gesehen habe: getönte Scheiben, Supersitze, alles leise und fein. Zwei Mann Besatzung: einer am Steuer, einer neben mir, und ich war immer noch gefesselt. Es ging aus der Stadt raus. Ab einem bestimmten Punkt musste ich eine Augenbinde tragen, und als sie mir die aufsetzten, dachte ich:

Haha, kooperativ. Die knallen dich ab und werfen dich in den Wald. Kann mich noch genau an das Gefühl erinnern. Aber nein, das Auto fährt nur lange in der Gegend herum, ich verlier total das Zeitgefühl. Irgendwann halten wir an. Dann rein in ein Haus. Augenbinde runter. Wir waren in einer Empfangshalle oder so. Schöner Teppichboden, helles Holz, gebürstetes Aluminim, Milchglastüren. Dann gab's zuerst Essen. Dann wurde ich allein in einen Raum geführt, in dem so komische Boxen standen. Ich sollte mich nur da reinsetzen, ruhig atmen und mich ›entspannen‹. Mann, war ich entspannt. Die Box war innen weiß, mit einer kleinen Sitzbank drin, sah aus wie eine Umkleidekabine. Ich saß nur da, schwitzte und fragte mich, ob das so gut gewesen war mit der Kooperation. Irgendwie kriegte ich mit, dass in den anderen Boxen auch Leute waren, da gab's mal ein Fußscharren, mal einen leisen Huster, aber ich sah niemand, war ja alles Einzelkabine da. Dauerte zehn Minuten, dann führten sie mich wieder raus. Dann noch ein wenig Medizinkram, Blutabnahme, Puls und so weiter. Ich sollte mich schlafen legen. Der Witz war aber, dass die ganze Nacht einer in meinem Zimmer saß, ›zu meiner Sicherheit‹, wie er sagte. Und ich sollte mich wieder ›entspannen‹. Ich war so entspannt, ich hab vielleicht zwei Stunden geschlafen in der Nacht. Am nächsten Morgen Frühstück und das gleiche Theater mit der Umkleidekabine noch einmal. Nur dass diesmal anscheinend ein Fehler passierte. Ich hab in meiner Box gesessen, gewartet und gewartet und niemand kümmerte sich um mich. Neben mir öffneten und schlossen sich Türen, Leute wurden raus- und reingeführt und dann war Stille, dann war ich ganz allein. Nach einer halben Stunde hab ich mich bemerkbar gemacht. Zuerst nur durch Räuspern, dann hab ich ›Hallo!‹ gerufen. Sofort ist einer gekommen und hat mich angeschnauzt: ›Was machen Sie denn noch hier?‹ – ›Ich entspann mich, das sehen Sie doch.‹ Wortlos hat er mich rausgezogen und auf das Zimmer geschickt, in dem ich nachts nicht so gut geschlafen hatte. Keine Erklärung, nichts.«

Irgendwo draußen im Schraubenheim klirrte es. Vielleicht ein größeres Eisenstück, das von dem Berg herunterrollte, auf dem es gelegen hatte. Easy machte eine Pause, lauschte, dann fuhr er fort.

»Das Abschiedsgespräch. Werd ich nie vergessen. Kam so ein Typ in mein Zimmer, ohne Anklopfen. Blasse Haut, blaue Augen, leise Stimme, Zigarette in der Hand. ›Wie geht's?‹, hat er gesagt. ›Gut‹, hab ich geantwortet. Ich war sehr vorsichtig. Der Typ war noch eine Spur gruseliger als die ganze Anlage. ›Dann hat es Ihnen also bei uns gefallen. Ich muss Ihnen jetzt ein Versprechen abnehmen. Sie waren nie hier. Wir kennen uns nicht. Dieses Haus ist Ihnen unbekannt. Meinen Sie, das können Sie so verinnerlichen?‹ – ›Sicher‹, hab ich gesagt. ›Wunderbar. Wenn Sie dieses Versprechen nicht halten, kümmern wir uns um sie.‹ Ich hab genickt. Er ging raus. Einfach so. Dann haben sie mich nach Berlin zurückgefahren, mit Augenbinde und allem. In der Nacht hatte ich Fieber und am Morgen hatte ich Crossover. Kennt ihr ja. Ich bin ziemlich schnell dahintergekommen, dass ich Crossover aus Versehen aufgeschnappt hatte. Das wollten die gar nicht, das war ein Fehler. Ich hatte tierisch Schiss, dass ich mich irgendwann verplappere oder dass mir jemand dahinterkommt. Hat mich fast umgebracht, diese Angst. Und dann dachte ich: Das geht so nicht. Ich muss mir was anderes einfallen lassen. Also Flucht nach vorn. Verrückt spielen, dachte ich, das geht vielleicht, den Clown machen, irgendeinen Zirkus, in den Crossover gut reinpasst, in dem man es gut verstecken kann. Dass alle Welt denkt: Der ist halt übergeschnappt, den kann doch sowieso keiner mehr ernst nehmen, um den brauchen wir uns nicht zu kümmern. Hat ja auch lange genug funktioniert.«

»Und?«, fragte Flex ungeduldig. »Wer waren die Typen?«

»Yo«, sagte Easy. »Da hab ich mich dann lang mit beschäftigt. Hab mich umgesehen, Forschungsberichte gelesen, Dateien angelegt. Alles, was ich zu Crossover kriegen konnte. Sagt euch das *Herkules-Projekt* was?«

Paula und Menno schüttelten die Köpfe. Bei Flex klopfte die Erinnerung an, aber nur ganz leise.

»Vor zwanzig Jahren, als die USA noch so stark waren, hatten die europäischen Militärs einen Minderwertigkeitskomplex. Die Amis waren immer vorne dran, da musste was passieren. Wenigstens bei einer Sache wollten die Europäer mal Erster sein. Kaum waren die Körpernetze flächendeckend eingeführt, da kamen sie auf die Idee, dass sie was brauchten, was es eigentlich gar nicht geben durfte: Crossover. Aber nur für Soldaten. Sie wollten den total vernetzten Krieger, mit direktem, omniKfreiem Zugriff auf seine Waffen, auf die Befehlskette, auf Landkarten, auf alle Informationen und Geräte, die man als Soldat so braucht. Zusammen mit einer verbesserten Muskel-, Herz- und Lungenleistung und schnellerer Reaktionsfähigkeit sollte das so eine Art Elitekämpfer für den Auslandseinsatz geben. War ja damals gerade der Kongokrieg. Die ganze Schiene hieß zuerst P-LAN (M) – also ›M‹ für ›militärisch‹ – und später *Herkules-Projekt*. Sah am Anfang alles sehr vielversprechend aus. Waren eine Menge Topleute dabei, Neuroinformatiker, Endokrinologen, Zellbiologen, Software- und Netzwerkspezialisten, alles streng geheim.«

»Lass mich raten«, sagte Flex. »Die Sache ging schief.«

»Na ja«, sagte Easy philosophisch, »wie man's nimmt. Ein Körpernetz ist eine komplexe Sache und es wurde ziemlich schnell klar, dass die Herkulesgruppe sich verhoben hatte. Es gab schon Ergebnisse. Aber die stellten sich zu langsam ein, alles wurde zu teuer und dann gab es auch noch andere Probleme. Ein paar Versuchskaninchen, die durchdrehten, auch den ein oder anderen Toten. Gerüchte in der Öffentlichkeit, eine parlamentarische Anfrage in Frankreich, die dem Kern der Sache ungemütlich nahekam, sogar der Name *Herkules-Projekt* fiel. Und wie das dann so geht: Die europäischen Partner sprangen ab, die Finanzierung wurde zusammengestrichen und dann wurde das Projekt eingestellt. Tja. Einige Leute aus der Herkulesgruppe, vor allem die Deutschen um einen gewissen Prof. Dr. Pahnke von der Universität Hamburg, wollten sich damit nicht abfinden.«

»Und Herr Pahnke hat wasserblaue Augen, einen blassen Teint, hellbraune Haare und ist Raucher?«, fragte Menno.

»Falsch geraten. Pahnke starb drei Jahre nach der Einstellung des Projekts. Angeblich Herzinfarkt.«

»Da erinnere ich mich dran«, sagte Flex. »Ging Jahre später noch mal durch die Presse. Pahnkes Tod kam ein bisschen plötzlich, er war Gesundheitsfanatiker und irgendwie nicht so richtig herzinfarktgefährdet.«

»Kann schon mal aus heiterem Himmel passieren«, entgegnete Easy. »Auf jeden Fall übernahm sein bester Schüler die geheime Arbeitsgruppe. Dr. Folkerts. Bioinformatiker. Dreistelliger Millionenerbe. Unglaublich gescheit. Ziemlich zurückgezogen, abgesehen von den brillanten Forschungsergebnissen, die er immer mal wieder veröffentlicht und die natürlich nix mit Crossover zu tun haben. Hab über die Jahre nur ein altes, verwaschenes Klassenfoto von ihm gefunden. Ich würde sagen, er isses. Der Typ, dem ich bei meiner Sonderfahrt ins Forschungslabor begegnet bin.«

Easy betrachtete nachdenklich seine Finger.

»Ich hab mir lange einen Kopf drum gemacht, wie der tickt. Und es gibt eigentlich nur eine vernünftige Antwort auf diese Frage: Er ist ein Nazi. Also nicht so ein Kerl mit Stiefeln und Hakenkreuz natürlich, kein Skinhead und kein Brüllaffe mit Sonnenbrille, der auf Parkplätzen irgendwelche Reden vom Vierten Reich hält oder so. Sondern ein Edelnazi. Einer mit Plan. Der am Übermenschen rumbastelt. Weil er findet, dass Deutschland das braucht. Und sauer ist, weil Deutschland das nicht braucht. Stinksauer. Folgt verbissen seinem Traum. Seine Freunde machen mit, weil sie genauso denken.«

»Und diese Typen sind jetzt hinter uns her?«, warf Paula ein.

»Yep«, sagte Easy. »Sieht so aus. Diese Baumann-Nummer ist genau ihre Masche. Das Herkules-Projekt hat nie aufgehört. Folkerts und seine Freunde managen das jetzt.«

»Na super«, entgegnete Paula trocken.
»Ich fühl mich gar nicht so herkulisch«, sagte Flex. »Erstens mal bin ich auf der Flucht, zweitens krieg ich manchmal ein Kopfweh, dass ich verrückt werden könnte.«
»Gegen das Kopfweh kann ich was machen. Hatte ich ja auch und irgendwann hab ich's repariert. Ging eigentlich ganz einfach. Kann ich euch gerne überspielen. Aber was euren Status als Flüchtlinge angeht, da bin ich machtlos. Soll ich mal das Kopfschmerzmittel rüberwachsen lassen?«
Menno sah Flex fragend an, der nickte. Paula auch. Easy schloss die Augen. Flex konnte sehen, wie ein grüner Leuchtpunkt langsam aus Easys Aura aufstieg, sich über seinem Kopf verdreifachte und in einer eleganten Bahn auf die drei Freunde zuschwebte. Der grüne Funken färbte beim Eintritt in ihre Auren kurz alles grünlich ein, dann wurde er geschluckt. Flex fühlte sich sofort besser, er war von einem Kopfdruck befreit, an den er sich schon beinahe gewöhnt hatte, und am Lächeln von Paula und Menno konnte er erkennen, dass es ihnen genauso ging.
»Wirkt sofort, was?«, fragte Easy.
»Datenübertragung kann so schön sein«, meinte Paula.
»Was unsere Fluchtmöglichkeiten angeht, da hätt ich ja eine Idee«, verkündete Menno. »Ich denke, wir sollten die Laufrichtung ändern. In den Angriff gehen.«
»Na, das ist ja mal ein richtig origineller Gedanke«, entgegnete Easy. »Und willst du das machen?«
»Weiß ich nicht genau. Wir sind wichtig für die Herkulesleute, weil nur wir Crossover haben. Nur mit uns können sie die Idee vom vernetzten Soldaten kontrolliert testen, und weil wir uns dank der Notfallvorbereitungen von Flex

abgesetzt haben, schicken sie Baumann hinter uns her. Was ist, wenn wir ihnen die Suppe versalzen? Wenn wir Crossover auf so viele Leute wie möglich übertragen? Erstens werden wir dann unwichtig. Das killt ihr ganzes Programm. Die wollen Crossover nur für eine Elite. Wir schenken es einfach allen. Und zweitens könnt ihr euch ja wohl denken, was es für eine Randale gibt, wenn das rauskommt: Crossover in der Piratenszene.«

Paula saß mit aufgerissenen Augen da. Flex dachte: Jetzt fängt er an zu spinnen.

»War ja klar, dass du mit so was ankommst«, sagte Easy. »Als hätte ich da nicht tausendmal dran gedacht. Aber wenn du diesen Folkerts kennen würdest … Ich hab lieber den Clown gespielt, als ›die Laufrichtung zu ändern‹, wie du das nennst.«

Er schüttelte den Kopf.

»Andererseits«, fuhr er fort, »könnte es ja sein, dass wir gar keine Wahl haben. Ihr habt mich enttarnt, und wenn sie euch kriegen, haben sie mich. Du bist ein Idiot, wenn du glaubst, dass das alles so einfach geht, aber möglicherweise hast du prinzipiell Recht.«

»Moment mal, Moment mal«, sagte Paula, sie hatte sich in ihrem Sitz vorgelehnt und gestikulierte mit weit ausholenden Bewegungen. »Kriege ich das richtig mit? Ihr wollt die Herkulestypen *angreifen*? Typen wie diesen Folkerts? In einem Moment, in dem wir nicht einmal richtig wissen, wie wir uns vor ihnen verstecken sollen? Und vielleicht sehe ich das jetzt zu krass, aber ist das unsere Liga? Ich meine, hallo?! Die ganze Wirtschaft, der Staat und so weiter, Schule, Einkaufen, Polizei, der ganze Kram hängt mit

dem OmniK-System zusammen, und ihr wollt das jetzt mal eben abschaffen? Ist das vielleicht ein bisschen größenwahnsinnig, Menno? Ich denke, wir sollten ins Ausland abhauen, und zwar so schnell wie möglich.«
Menno sah sie eine Weile nur an. Dann sagte er:
»Meinst du, Baumann gibt auf, wenn wir im Ausland sind?«
Paula zuckte bei dem Namen »Baumann« zusammen. »Wie lange willst du abhauen? Fünf Jahre? Zehn? Zwanzig? Wo wären wir sicher? Die Herkulesleute würden jede Sekunde daran denken, wie sie uns einfangen oder umbringen können, was aufs Gleiche hinausläuft. Wir wären ihr größtes Problem, genauso wie wir es jetzt sind. Ihr könnt mich ruhig beschimpfen, wenn ihr wollt. Aber wir müssen was tun. Mein Vorschlag: Wir verteilen Crossover auf so viele Leute wie möglich. Und ich würde gern jetzt gleich testen, ob das geht. Brauchst du ein Update, Easy?«
»Du bist wirklich einsame Spitze, Menno. Du bist *elite*.« Er schüttelte noch einmal den Kopf und sagte dann: »Lass rüberwachsen den Scheiß.«
Das wird jetzt interessant, dachte Flex. Er konnte zusehen, wie sich Mennos Aura aufhellte und ausweitete, bis sie mit der von Easy überlappte. Aber statt dass sich die Farben der Auren vermischten, bildeten sich breite Lücken in den Spektren, als wären ganze Farbtöne ausgefallen, als blendeten sich die Auren der beiden an bestimmten Stellen gegenseitig aus. Flex sah, dass Menno schwitzte, sein Gesicht war vor Anstrengung verzerrt, aber je mehr er sich anstrengte, desto breiter wurden die lichtlosen Zonen, bis die beiden Auren überall dort, wo sie sich schnitten, eine leere Menge bildeten.

»Oh Mann«, sagte Easy, »ist das geil! So was hab ich ja noch nie gesehen!«
Menno warf sich schwer atmend in seinen zerlumpten Sessel zurück.
»Verdammt«, sagte er zerknirscht. »Zum Schluss hatte ich überhaupt keine Verbindung mehr zu dir.«
»Wird wohl nichts mit deiner Revolution«, sagte Paula mit einiger Genugtuung.
»Ja freu dich nur, Paula«, sagte Menno hasserfüllt. »Da hast grade du Grund dazu.«
»Jetzt hört mit dem blöden Gekeife auf!«, rief Flex. »Ich muss nachdenken. Wahrscheinlich war das ein Verschlüsselungsvirus in den Crossover-Dateien. Der Ladybug hat einfach bis drei gezählt und danach alles so eingerichtet, dass nur die ersten drei Infizierten mit Crossover arbeiten können, die Übertragung auf andere wird per Verschlüsselung verhindert, und wenn man es doch versucht, gibt es immer weniger Kontakt zur Partneraura, je länger man es versucht. Ende Gelände.«
Menno blinzelte.
»Tja«, sagte Easy, »Ende Gelände. Hat wohl nix gebracht.«
»Nicht so schnell«, sagte Flex. Er genoss es, noch ein Ass im Ärmel zu haben. »Unser Plan war doch, möglichst viele Leute mit Crossover zu infizieren, nicht? Jetzt ist klar, dass wir vorher die Verschlüsselung knacken müssen. Dazu brauchen wir wiederum möglichst viel Rechenpower. Und die kriegen wir am einfachsten, wenn wir so viele Piraten-OmniKs und Körpernetze zusammenbringen, wie wir nur können.«

Mennos Augen leuchteten auf.
»Du meinst also …«
»Genau«, sagte Flex. »Wir machen alles in einem Aufwasch. Erst die Verschlüsselung von Crossover knacken, dann alle damit impfen, die wir kriegen können. Beim *Underworld*-Festival.«
»Schaffen wir das?«, fragte Menno.
»Was weiß ich?«, sagte Flex leichthin.
»Ihr seid wirklich größenwahnsinnig«, sagte Easy bewundernd.
»Keine Bewegung«, brüllte eine heisere Stimme. »Alle bleiben, wo sie sind!«
Niemand hatte sie kommen hören, die beiden Männer in den grauen Schutzanzügen der SecurAG, die jetzt ihre Waffen auf sie richteten. Unter den schwarzen Helmen und Masken waren nur ihre Augen zu erkennen.
Easy fing sich als Erster.
»Das ist aber nicht nett, einfach so unangemeldet hier hereinzuschneien. Und dann dieser …«
»Schnauze!«, schrie der Anführer. »Hände hinter den Kopf und hinlegen!«
»Ja, ja«, sagte Easy. Und dann passierte es. Die ganze Luft schien auf einmal elektrisch zu sein. Flex sah die Auren aller aufleuchten, die sich im Raum aufhielten, am deutlichsten aber die der beiden SecurAG-Leute. Sie standen stocksteif da, ihre Gewehre umklammernd, die Köpfe im Nacken, ihre Körper schienen von kleinen blauen Blitzen umzuckt. Flex fühlte sich nicht wohl, es war zu viel Licht im Zimmer, zu viel Elektrizität, und für einige Sekunden glaubte er in Flammen zu stehen, in kaltem elektrischem Feuer. Einen

klaren Gedanken konnte er noch fassen: Er starb, die SecurAG-Leute starben, alle in diesem Raum starben. Jetzt.
Dann wurde ihm für einen Augenblick der Stecker gezogen und es dauerte ein, zwei Sekunden, bis er wieder online war. Easy. Da saß Easy wie vorher, nur waren seine Augen jetzt blutunterlaufen, sein Gesicht war schweißüberströmt und er grinste, als habe er im Lotto gewonnen. Zusammen mit dem gelben Overall wirkte das richtig grotesk.

»Kleiner Trick von mir«, sagte er etwas mühsam.

Paula und Menno saßen mit geschlossenen Augen in ihren Sesseln, ihre Brustkörbe hoben und senkten sich, als seien sie zu tief getaucht und gerade noch einmal rechtzeitig an die Wasseroberfläche gekommen. Menno öffnete seine Augen und sagte: »Boah, ey …«

»Schnell, wir müssen die anderen beiden reinholen, die vor der Tür liegen. Der Schock hält nicht lange vor.« Easy wuchtete sich mühsam aus seinem Sessel. Flex wusste nicht, wovon er sprach, er ahmte ihn einfach nach, Menno und Paula standen auch auf.

»Wie hast du …«, fragte Menno.

»Später«, unterbrach ihn Easy.

Vor der Tür lagen nicht nur zwei weitere SecurAG-Taktiker, sondern auch drei Typen, die Flex sofort als Piraten erkannte. Die Situation war auf den ersten Blick klar: Sie gehörten zu Easys Leuten und hatten eigentlich für seine Sicherheit sorgen sollen, waren aber von den SecurAG-Leuten überrumpelt und in Schach gehalten worden, bis der Blitz sie alle traf. Sie rappelten sich auf, sie schienen sich genauso zu fühlen wie Flex: mit einer stumpfen Schere auseinandergerupft und danach nicht wieder richtig zusammengesetzt. Mit vereinten Kräften schleiften sie die zwei Polizisten ins Haus und legten sie neben den beiden anderen ab.

Easy hielt plötzlich einen Injektor in der Hand, wie sie von Sanitätern bei Unfällen benutzt wurden, und verpasste jedem der Polizisten eine Ladung damit in den Hals.

»So«, sagte er, »jetzt können wir das Ganze etwas gelassener angehen. Ihr schaut mal nach, ob noch mehr von diesen Komikern hier herumlungern, ich glaub's zwar nicht, aber sicher ist sicher.«

Die drei Piraten, die vor dem Eingang gefangen genommen worden waren, verschwanden, offenbar froh ihren Fehler von vorhin vielleicht wiedergutmachen zu können.

»Helft mir mal die Kerle zu durchsuchen«, kommandierte Easy und sie filzten die grauen Uniformen, fanden dabei außer irgendwelchen Kleinwaffen und Gadgets aber nichts Interessantes, keine Dienstmarken, nichts.

»Also die Körpernetze«, sagte Easy. Da waren nicht nur die digitalen Dienstmarken gespeichert, sondern die kompletten Personalakten der Polizisten, für sie selbst im Normalfall unerreichbar, für die vier Crossover-Piraten ein offenes Buch.

»Könnt ich mich stundenlang mit befassen«, sagte Easy, die berufliche Karriere des Anführers durchblätternd. Flex und die anderen lasen mit. »Aber worauf es für uns ankommt, das findet sich hier.« Er rief einen Abschnitt auf, der sich mit der jüngeren Zeit befasste.

»RAR«, sagte er. »Research and Rescue. Meine Damen und Herren!« Er hob dramatisch die Hände. »Das war kein Zufall. Die RAR ist der spezielle Hochpreisservice für die

Angehörigen von Entführungsopfern, die sichergehen wollen, dass sich überhaupt jemand um ihr Anliegen kümmert. Wenn ich das richtig verstehe, lieben euch eure Eltern sehr. Ah, da steht sogar der Name des Auftraggebers: Karlheinz Bogenschütz. Dein Alter, Menno, oder? Eure Eltern glauben, ihr wärt entführt worden. Und die RAR hat geglaubt, ich kann ihr was zu dieser Frage erzählen. Und dann schicken sie diese Vollprofis her, die vor Ort bemerken, dass die drei Vermissten offensichtlich von mir entführt worden sind. Sie entschließen sich auf der Stelle für einen Zugriff und ich muss sie ein bisschen blitzen.«

»Und jetzt?«, fragte Paula, es hörte sich an, als sei sie einer Panik nahe. »Was machen wir denn jetzt?«

»Ja, das ist *die* Preisfrage überhaupt«, antwortete Easy sachlich. »Ihr habt jetzt nicht nur diesen Baumann am Hals, sondern auch die RAR. Und was besser ist, könnt ihr euch aussuchen. Wenn die Herkules-Heinis euch schnappen, untersuchen sie euch zuerst und bringen euch dann um. Wenn die SecurAG schneller ist, geht's euch nicht besser. Sie kriegen mit, dass ihr Crossover habt, und drehen komplett ab. Eure liebenden Eltern meinen euch befreit zu haben, aber der Staat, der steckt euch in ein Labor, wo ihr bis auf die Moleküle durchgecheckt werdet, und dann passiert euch ein Unfall. Ganz ähnlich wie bei Herkules. Die einen haben es erfunden und wollen es nur für sich, die anderen wollen es überhaupt nicht. Für beide Seiten seid ihr ein Problem, das genauso lange interessant ist, wie die wissenschaftlichen Tests und die Ermittlungen laufen. Freunde sehen anders aus.« Er seufzte theatralisch. »Was mich angeht, so verliere ich zunächst mein geschätztes Heim, muss umziehen, meine Aura komplett umorganisieren und stehe ab jetzt bei einer der besten Einheiten der SecurAG auf der Fahndungsliste. Ganz toll.« Er schüttelte den Kopf. »Um diese vier Spezialisten hier kümmern wir uns schon. Vor allem um ihr Kurzzeitgedächtnis. Ihr macht euch jetzt mal dünne. Ich hoffe, euer Versteck ist gut. In den nächsten Tagen müssen wir die Crossover-Party planen, das hat jetzt erste Priorität. Der Treffpunkt ist in Mennos Körpernetz.« Sein Grinsen wurde so breit, dass es von Ohr zu Ohr reichte. »Eigentlich ist das alles gar nicht so verkehrt. War hier sowieso ein bisschen langweilig in letzter Zeit.« Er grinste noch, als die anderen schon draußen waren.

Die Türkboys

Der Lärm war unbeschreiblich. Flex hatte so was noch nie erlebt, einen Rummel mit Karussells und Schießbuden, kandierten Äpfeln und anderen Attraktionen. Man sollte sich fühlen wie vor etwa fünfzig Jahren. Also eigentlich etwas für die Älteren, aber »Nostalgierummel« waren zurzeit in. Man ging da hin, auch als Jugendlicher, die Jugendlichen waren sogar in der Überzahl; die eigentliche Zielgruppe stand ein wenig verloren zwischen all dem jungen Gemüse herum und bedauerte hergekommen zu sein. Easy B schien sich königlich zu amüsieren. Sein Styling war auffällig: Er trug ein Hawaii-Hemd und hatte seine Haare gegelt. Mit Menno auf dem Beifahrersitz rammte er alles, was ihm in die Quere kam. »Autoscooter!«, schrie er in die Arena, aber nur Menno konnte ihn hören, für all die anderen um sie herum ging der Schrei unter in ballerndem Retropop.

»Die Türken machen Stress!«, schrie Easy.

Bang! Wieder rammte er einen anderen Fahrer in die Seite, dass die Stromabnehmer an der Decke Funken sprühten. Bang!, jetzt bretterte ihnen einer hinten rein, Menno knallte mit dem Kopf gegen die harten Kopfstützen aus Plastik.

»Hör doch mal auf!«, schrie er Easy an, aber der lachte nur.

»Ercü will dich persönlich sehen.«

»Na wunderbar«, dachte Menno. »Und warum?«, schrie er zurück.

»Ist halt ein Kontrollfreak«, antwortete Easy. »Will immer alles selber managen. Der Typ ist nicht locker, so wie ich! Treffpunkt Nolle!«

Bang! Härter ging's nicht. Die zwei Kerle in dem gerammten Scooter grölten und es klang nicht sehr freundlich. Kontrollfreak, das könnte hinkommen, dachte Menno. Und er ist noch sauer auf mich, weil ich neulich Baumann in den Käfig mitgebracht habe. Aber ich brauche ihn und seine Leute bei der Crossover-Party.

»Endstation«, schrie Easy, »kein Humor, die Flaschen.« Er steuerte den Scooter an den Rand und sprang elegant heraus. In dem Moment, als Menno auch ausgestiegen war, rammten die zwei Kerle, die Easy zuletzt erwischt hatte, den Scooter mit voller Kraft von hinten. Weil er jetzt leer war, wurde er weit in den kreisenden Verkehr hineingeschleudert und verursachte mehrere ungeplante Karambolagen. Die zwei Volltrottel schienen Easy und Menno hinterherzuwollen, aber sie waren zu betrunken, sie hatten keine Chance. Menno winkte ihnen zu, bevor er Easy nachsprang. Sicherheitshalber verließen sie den Rummelplatz. Easy hatte jetzt kein Hawaiihemd mehr an, sondern eine unauffällige graublaue Jacke, wie sie gerade in Mode waren. Wo sie hergekommen war, wusste Menno nicht. Er hatte Angst vor der Begegnung mit Ercü. Gleichzeitig musste er an Paula denken und wie sie sich neulich gegenseitig getröstet hatten, nachdem sie beinahe von Baumann geschnappt worden war. Das Leben ist kompliziert, dachte er, als er sich mit einem knappen Kopfnicken von Easy verabschiedete und im nächsten U-Bahn-Schacht verschwand.

Menno hatte keine Ahnung, wie Ercü diesen alten Bunker

aus dem Zweiten Weltkrieg entdeckt hatte, er hatte auch keine Ahnung, warum der immer noch nicht zugeschüttet worden war, fast hundert Jahre nach Ende des Krieges. Aber er wusste genau, dass er nicht hier sein wollte. Es war zu feucht, zu dunkel, zu stinkig. Im Licht der Taschenlampen sahen Ercü und seine drei Freunde noch unangenehmer aus als sonst. Menno hatte zur Unterstützung nur Easy dabei. Es schien nicht viel zu helfen.

»Du Vollidiot. Du Hurensohn«, fluchte Ercü. »Du hast dir irgendeinen Scheiß von diesem Baumann eingefangen. Und jetzt sollen wir das für dich auslöffeln. Weißt du, was ich mache? Ich gebe der RAR einen Tipp. Da kommt nämlich jeden zweiten Tag jemand angelatscht und will von meinen Jungs wissen, ob sie was von euch gesehen haben. Ich sag ihnen, ich hab euch gesehen. Ich sag ihnen, dass ihr nicht entführt worden seid, oh nein, sondern dass ihr euch nur verkrochen habt. Und von der Belohnung fahr ich in Urlaub. Crossover, dass ich nicht lache. Das ist doch wieder nur einer von deinen blöden Tricks.«

Menno schwitzte. Er hatte Ercü schon oft wütend gesehen. Aber der Anführer der Türkboys hatte noch nie mit dem Undenkbaren gedroht: andere Piraten bei der Polizei zu verraten.

»Das wirst du nicht tun«, sagte Easy. Er hatte schon mal entspannter und selbstsicherer geklungen.

»Und warum nicht?«

»Weil du aus der Szene fliegst. Weil die Bullen eine Menge über dich und die Türkboys herausfinden, wenn sie die P-LANS von Menno, Flex und Paula umgraben. Weil du nicht dumm bist, darum.«

»Quatsch mich nicht voll, Easy. Ich war noch nie ein Fan von dir und deinem Blödsinn. Ich scheiß auf eure Szene, ich hab meine eigene. Tschüss, ihr dummen Hundeficker.«
Er drehte sich um, winkte seinen Kollegen und sie gingen.
»Ercü!«, rief Menno. »Deine Passwörter sind nicht sehr gut!«
Ercü drehte sich nicht einmal um. »Ja, ja, fröhliche Löschung, Loser.«
Da rief Menno ihm die Passwörter in den Rücken, eines nach dem anderen, steckten ja schlecht verschlüsselt in einer einzigen Datei, leicht auszulesen für Menno, der die ganze Zeit, während sie in dem Bunker saßen, in Ercüs P-LAN geblättert hatte. Die Wirkung war nachhaltig. Er drehte sich um und kam zurück, man konnte den Lichtkegel seiner Taschenlampe über den Boden tanzen sehen. Er blendete Menno mit seiner Lampe und beugte sich dann ganz nah zu ihm hin.
»Halt – die – Schnauze. Oder ich mach dich kalt. Gleich hier.«
Menno zog es vor zu schweigen.
»Woher kennst du meine Passwortdatei?«
»Crossover.«
»Scheißdreck.«
»Ich hab dir gesagt, ich kann dein Körpernetz lesen. Alles.«
»Beweisen«, sagte Ercü.
Menno nannte ihm eine Liste aller illegal angelegten Dateien aus den letzten zwei Tagen: Musik, Filme, Passwörter, die offensichtlich nicht ihm gehörten. Er sagte ihm, mit

welcher seiner gefälschten Auren er gestern im Kino gewesen war, gab ihm die existierende, aber gesperrte Kontonummer an, von der das Kino versucht hatte den Eintrittspreis für die Kinokarte abzubuchen. Seine und Ercüs Aura waren durch feine blaue Fäden miteinander verbunden.
»Okay«, sagte Ercü und es klang noch wütender und bedrohlicher als vorher. »Du hast ja auch gemeint, du kannst mein Netz beschreiben. Aus deinem Kopf raus. Dann probieren wir das doch mal.«
Das hatte Menno vorausgesehen. Er hielt eine Datei mit einem der Lieblingssongs von Ercü bereit, und bevor er sie sendete, kündigte er ihre Eckdaten an.
»Ich schicke dir *Nostalgia* von *2 by 4*, die Prüfsumme zuerst.«
Die blauen Fäden wurden dicker und leuchteten heller. Ercü hielt seinen OmniK in der Hand. Als er sah, wie sich auf dem Bildschirm die Übertragung der beiden Dateien abzeichnete, murmelte er:
»Verfluchte Scheiße.«
Dann klappte er den OmniK zu und steckte ihn wieder ein, schwer atmend. Er blickte von Menno zu Easy und wieder zu Menno.
»Du hörst von mir«, sagte er.
Dann zog er ab, seine drei Kumpel im Schlepptau.

Mustererkennung

Baumann durchstreifte die Stadt. Er fuhr U-Bahn, kreuz und quer, und checkte die Lesestationen. Er hatte eigens sein P-LAN so programmiert, dass es jedes Mal, wenn es von einer Lesestation angefunkt wurde, die Abfrage nach Paulas Erkennungszeichen durchführte, der kurzen Zeichenkombination, die sie seit der Befreiung aus dem Polizeirevier in ihrem Körpernetz trug. Das ging im Vorbeigehen und mittlerweile konnte er an der Farbe der Funken, die zwischen ihm und den Lesestationen hin und her sprangen, erkennen, ob Paula hier einmal vorbeigekommen war oder nicht. Automatisch trug sein Netz dann den Ort und die Zeit, zu der Paula hier gewesen war, in einer Karte ein. Baumann musste nur laufen, fahren, laufen. Er kam sich vor wie ein Fischer, der Überwachungsdaten aus einem Meer von Müll fischt. Das Problem war dabei nicht, dass er Paulas Spur zu selten fand, sondern zu oft. Paula schien seit ihrem Ausbruch aus der Polizeistation überall in Berlin gewesen zu sein, sie hatte eine so große Menge von Aufzeichnungen hervorgerufen, dass sie seine Karte bald völlig unübersichtlich machten. Das war kein Bewegungsmuster, sondern ein Bewegungsbrei. Dann kam er auf die Idee, die gefundenen Koordinaten zeitlich zu ordnen und jeder Woche einen unterschiedlichen Farbcode zuzuweisen. Die jüngsten Daten waren natürlich die wertvollsten. Er hatte schon ein paar sehr junge Ereignisse gefunden, aber sie stammten aus der Nacht, als er sie kreuz und quer durch

Berlin verfolgt hatte. Er brauchte ähnlich frische Daten. Er brauchte ein Muster.
Sein Bestes geben. Das war immer das Motto von Flex gewesen. Wenn man es genau nahm, stand dahinter seine Mutter. Flex war immer gut im Programmieren gewesen und immer schlecht in Sport, das lebende Klischee des digitalen Jugendlichen. Seine Mutter hatte es irgendwann aufgegeben ihn zur Bewegung anzuhalten, aber sie hatte es nie aufgegeben ihn nach den Pleiten in den Bewegungskünsten zu trösten. »Du hast dein Bestes gegeben«, hatte sie gesagt, jedes Mal, und er hatte diesen Spruch gleichzeitig geliebt und gehasst, der ihn einerseits entschuldigte und andererseits als Flasche abstempelte.
Bald wurde aus dem Spruch eine Lebenshaltung. Er wollte jederzeit sein Bestes geben. Und das machte er auch jetzt. Bald konnte er die Stärke des Schlüssels einschätzen, mit der die Crossover-Software vor einer Weiterübertragung geschützt wurde. Daraus leitete er die Rechenpower ab, die er benötigte, um alle möglichen Schlüssel durchzuprobieren, bis er den richtigen fand. Und dann verzweifelte er. Die Zahl der möglichen Kombinationen war zu groß. Alle geschätzten fünfzigtausend Piraten in Deutschland würden ein paar Jahre lang ihre Körpernetze rechnen lassen müssen, um diesen Code zu knacken. Für die *Underworld*-Party bekamen sie fünfhundert, vielleicht sechshundert Leute zusammen, mehr passten in den Tunnel bei ihrem Versteck gar nicht hinein und sie hatten nur ein paar Stunden. Flex dachte nach. Er schrieb ein paar Programme, um die Rechengeschwindigkeit in einem Netzwerk aus P-LANS zu verbessern, und er kam dabei auf ein paar nette Tricks, die

ihn sonst glücklich gemacht hätten. Er überlegte sich eine Struktur aus Funkverstärkern, um die Fehlerrate bei der Datenübertragung in dem Tunnel so niedrig wie möglich zu halten. Er feilte, verbesserte und simulierte. Und es war alles nutzlos. Die Rechenpower war zu gering, die zur Verfügung stehende Zeit war zu knapp. Aber er gab sein Bestes. Wenn Paula und Menno ihn fragten, wie er vorankam, dann lächelte er und sagte: »Gut.« Er brachte es nicht übers Herz, ihnen einzugestehen, dass er kaum Hoffnung hatte. Konnte die Entschlüsselung beschleunigt werden? Denk daran, wie die Profis das machen!, trieb er sich an. Er riskierte Ausflüge ins Netz, um alle erhältlichen Informationen über die Herkulesgruppe zusammenzutragen. Vielleicht war diesen Informationen ein Teil des Passworts zu entnehmen.

Menno tat auch sein Bestes, indem er mit Easy B möglichst viele Piraten für die *Underworld*-Party zusammentrommelte. Obwohl sie sehr darauf achteten, dass nur eine kleine Zahl von handverlesenen Leuten wusste, worum es wirklich ging, nahmen viele die Einladung an: Kurz vor der Party kamen sogar ein paar Rückmeldungen aus dem Berliner Umland.

Der RAR-Kommandant saß in der Klemme. Die Sache war verfahren. Der Vater von Menno Bogenschütz erwartete von ihm Taten und Erfolge, und er hatte keine Ahnung, was er tun sollte. Und Bogenschütz war nicht irgendwer. Er war ein Bundestagsabgeordneter. Wenn seine Leute die verschwundenen Jugendlichen nicht bald fanden, konnte das unangenehme Konsequenzen für die ganze RAR haben.

Am Anfang hatte der Kommandant diesen Job mit Freude gesehen: Bogenschütz und zwei weitere Parteien hatten die RAR beauftragt ihre vermissten Kinder wiederzufinden. Der Kommandant hatte gedacht: Entweder sind sie ausgerissen oder im Piratenuntergrund verschwunden. Oder es handelte sich tatsächlich um eine einfache Lösegeldgeschichte. Hatte er alles schon gesehen.

Mit seinen Leuten hatte er ein wenig im Piratenuntergrund herumgestochert, nichts hatte man erreicht. Und dann die Demütigung. Ein Team hatte sich das Schraubenheim angesehen, einen verlassenen Industriepark, den die Piraten offenbar mochten. Der Kommandant hatte schon mehrere »Entführungsfälle« dort zum Abschluss gebracht. Es hieß, dass Ernie the Bert dort sein Unwesen trieb, ein Guru der Piratenszene. Konnte ja nicht verkehrt sein, den mal zu fragen. Aber dem gesamten Team (vier seiner besten Leute!) war etwas *zugestoßen*. Erst, sagten sie, hätten sie das Schraubenheim durchkämmt, dann seien sie mit schrecklichen Kopfschmerzen unter freiem Himmel aufgewacht, mit leeren Taschen und ohne ihre Waffen. Ansonsten: Gedächtnislücke. Das wurde gerade untersucht, aber es lagen noch keine Ergebnisse vor. Die RAR war zu klein, um das gesamte Gelände gründlich zu filzen. Zwei weitere Teams, die trotzdem hingeschickt worden waren, um nach der Ursache für die sonderbaren Erlebnisse des ersten zu suchen, fanden gar nichts. Keinen Grund für Gedächtnislücken, keine Spur von Easy B und erst recht keine von den verschwundenen Jugendlichen. Der Kommandant seufzte, als er sich diese Kette von Fehlschlägen vor Augen hielt. Ihm wurde klar, dass er bei anderen Abteilungen der SecurAG

um Amtshilfe bitten musste. Resigniert ließ er seinen OmniK die Nummer wählen, die er schon länger im Sinn hatte.
Zum Schluss war es ganz leicht gewesen, ein einfacher Abgleich von Karten. Wie Fliegenschiss konzentrierten sich die roten Punkte von Paulas jüngsten Datenspuren (die frischesten davon waren drei Tage alt) um die Oberbaumbrücke. Zuerst wunderte sich Baumann: Warum eine Brücke? Als er aber die Karte des Berliner Untergrunds hinzuzog, die er beim Tiefbauamt geklaut hatte, verstand er. Die Kanalisation hatte sehr wohl einen Bezug zu der Brücke, bei genauerer Untersuchung entdeckte er sogar ein ganzes Röhrensystem, das die Installationen der Brücke, vor allem ihre Pfeiler, mit der Kanalisation verknüpfte; darüber hinaus gab es offensichtlich Verbindungen zu Katakomben aus dem letzten Jahrhundert, die von dem damaligen Staatssicherheitsdienst der DDR genutzt und angelegt worden waren, um unter der Spree hindurch geheime Verbindungen zum Westteil der Stadt aufrechtzuerhalten. Dort steckten die drei Piraten, ohne jeden Zweifel. Für Baumann stand von vornherein fest, dass Flex dieses Versteck ausgesucht und vorbereitet hatte. Die Idee mit der Kanalisation, mit der Brücke, dann die Nähe zur DaSi-Zentrale: die Handschrift eines genialen Strategen. Schade, schade, schade. Menno und Paula waren ihm egal, aber einen so begabten Jungen wie Flex umzulegen, das tat Baumann aufrichtig leid.
Er hatte noch nie jemanden umgebracht. Das war nicht seine Art. Er beging also mehrere Morde und dann? Aber an diesem Punkt musste er regelmäßig an die blank geputzten Schuhe des Mineralwassertrinkers aus seinem gesteuer-

ten Kältetraum denken und er wusste, dass er keine Wahl hatte.

Dann fiel ihm ein Plakat auf. Schlecht gedruckt, grelle Farben, in Hunderten Exemplaren überall verklebt, wo es nicht erlaubt war. Es kündigte *Festkörper* an, eine Riesenfete in den Katakomben bei der Oberbaumbrücke. Die Veranstaltung gehörte offenbar zum *Underworld*-Festival, einem der großen jährlichen Ereignisse, bei dem sich erfahrungsgemäß viele Piraten einfanden. Baumann kannte diese Art Partys, er hatte sich früher ein paarmal selbst dort herumgetrieben, beruflich und privat. Eins war ihm sofort klar: zwischen den versteckten Piraten und *Festkörper* gab es einen Zusammenhang. Als er begriff, was hier wirklich passieren sollte, fielen ihm schlagartig die Schuppen von den Augen. Der Mineralwassertrinker und seine Freunde hatten zuerst gewollt, dass er die Piraten einfing. Jetzt sollte er sie kaltmachen. Wegen des geheimen Experiments. Und die drei Piraten hatten beschlossen den Spieß umzudrehen, indem sie genau das Gegenteil machten: Sie wollten Crossover so weit verteilen, wie es nur ging. Er musste sie daran hindern. Und deshalb würde er auch zum *Festkörper* gehen.

Die anderen diskutierten, Flex beobachtete einen Weberknecht, der an der Decke entlanglief. Er hatte sein Bestes gegeben. Die Speicher der Computer waren gelöscht, alle persönlichen Spuren in dem Versteck waren beseitigt, soweit das überhaupt ging. Sie würden wahrscheinlich nie mehr hierher zurückkehren. Flex hätte den Raum lieber so zurückgelassen, wie er ihn vorgefunden hatte, aber das war nicht möglich. Sie konnten nicht diesen ganzen Müll mit sich herumschleppen. Das Programm zum Herunterrech-

nen des Crossover-Codes war so gut, wie Flex es machen konnte. Er würde in der Menge verteilt werden, von seinem P-LAN zu allen anderen, die sich in Reichweite befanden, und von dort aus weiter in einer Kettenreaktion, bis alle anwesenden P-LANS in das Netzwerk einbezogen waren. Er rechnete damit, dass die ganze Party in unter drei Sekunden mit dem Programm gesättigt sein würde; auch diejenigen würden mitmachen müssen, die gar nichts von der Sache wussten, das würde die große Mehrzahl sein. Sein kleines Codebrecher-Programm war ein Virus. Noch schlimmer: Sie hatten vor, all diesen Leuten Crossover aufzuzwingen, ohne dass sich irgendjemand dagegen wehren konnte – ein schwerer Verstoß gegen die Piratenregeln, aber was machte das jetzt schon noch aus. Damit er sich mit Paula, Menno und Easy während der Fete privat unterhalten konnte, hatte er sie zu einem kleinen Privatnetzwerk mit eigener Verschlüsselung gruppiert, das unabhängig vom Rest funktionsfähig war. Wenn ihm etwas zustieß, ging die Kontrolle über den gesamten Prozess erst an Menno weiter, dann an Paula, zuletzt an Easy.
»Ja«, sagte Menno gerade, »aber wenn wir zu früh rauskriechen, müssen wir uns zu lange woanders verstecken.«
»Und wenn wir zu spät rausgehen, laufen wir den Leuten in die Arme, die die Party vorbereiten. Haben wir doch alles durchgesprochen«, sagte Paula gereizt. »Und was meinst du, Flex, falls du zur Abwechslung mal nicht an die Decke starren, sondern an unserem Gespräch hier teilnehmen willst?«
»Hm?«, fragte Flex. »3.00 Uhr. In der Nacht vor der Party. Ich hab da noch ein winziges Ersatzversteck, für Notfälle.«

Die beiden anderen grinsten.

Sie krochen angezogen in ihre Schlafsäcke. Die Netze weckten sie um 2.30 Uhr. Noch hatten sie sich nicht an das seltsame Gefühl gewöhnt, aus ihren Gehirnen heraus wachgekitzelt zu werden. Sie streckten sich und lächelten einander eulenäugig an. »Hauen wir ab«, sagte Menno, nachdem er sich seinen Rucksack umgehängt hatte. Sie krochen aus ihrer Höhle. Die beiden anderen waren schon unten, da zog Flex die Tür zu, mit den Füßen auf der letzten Sprosse über dem Boden stehend. Er schloss sie ab. Die Tür zuzuschweißen, sie unsichtbar zu machen durch Einbetonieren, das wäre fein gewesen. Aber dafür hatten sie keine Zeit.

Das winzige Notfallversteck hatte die Größe einer Besenkammer. Dort mussten sie warten, Knie an Knie, bis die Party begann. Sie dösten im Sitzen. Bald tat Flex der Hintern teuflisch weh, danach wurde er so taub, dass Flex glaubte, irgendwelche Blutgefäße für immer abgeklemmt zu haben. Seine Jeans spannte elend im Schritt, er fühlte sich fundamental unwohl und war sich sicher, dass es den beiden anderen auch so ging. Manchmal standen sie auf und lockerten im Stehen die Knie, schüttelten die Arme aus. Ein paarmal versuchten sie sich zu unterhalten, indem sie sich gegenseitig Dinge in die Netze projizierten, Texte, Musik, irgendwelchen Spielkram, aber es machte keinen Spaß. Über sechzehn Stunden ging das so, eine Tortur. Als es 19.30 Uhr war auf ihren inneren Uhren, durften sie sich endlich aufrappeln, die Klamotten zurechtzupfen, andere Gesichter aufsetzen, um wie hibbelige und fröhlich überdrehte Teenager zu wirken. Endlich konnten sie die Auren

für diesen Abend überstreifen wie Kostüme, endlich konnten sie los.
Gleich beim Einlass passierte die erste Panne. Menno hatte das Konto, das zu seiner Aura passte und von dem er den Eintrittspreis abbuchen lassen wollte, nicht gründlich genug gecheckt, es war wohl zu stark überzogen. Als der Kassierer seinen OmniK auf Mennos Gerät richtete, erklang ein Warnsignal. Der Mann schob sich so in Position, dass er den Eingang komplett versperrte.
»Willst du mich verarschen?«, fragte er Menno, der stumm blieb.
»Kein Problem, Alter«, sagte Flex, dem die Schweißperlen auf die Stirn traten. »Ich zahl für ihn mit.«
Der Kassierer zögerte, als überlege er Sicherheitsalarm auszulösen, dann nickte er und akzeptierte Flex' Zahlung.
Drinnen spielte noch keine Musik, das Licht war hochgefahren, in der halb vollen Röhre tanzte niemand, grölte niemand, hatte niemand bisher Spaß. Nur ein paar erschreckend realistische 3-D-Projektionen schwebten stumm über den Köpfen der ersten Partygäste: halb nackte dicke Frauen, die sich stumm ab und zu eine Praline in den Mund steckten. Manchmal schwebten sie auf einzelne Leute zu und wedelten ihnen mit ihren Pralinen vor der Nase herum. Die meisten taten so, als nähmen sie die dicken Frauen gar nicht wahr. Diese demonstrative Gelassenheit, die ganze Ruhe vor dem Sturm war so üblich bei *Underworld*-Partys. Man grenzte sich dadurch von normalen Discos ab, die oft geringschätzig als »Volksbelustigungen« bezeichnet wurden. An der allgemeinen Coolness änderte

sich auch wenig, als die Musik losbretterte. Nur Paula lachte gleich nach den ersten Takten. Es war eine Coverversion von *Dancing Queen*, sie begann sofort zu tanzen und es machte ihr offensichtlich nichts aus, dass sie die Einzige war. Flex testete bereits das Netzwerk.

Messertanz

Baumann verkleidete sich. Er hatte die Piratenkluft übergestreift, Kapuzenpullover und Sonnenbrille, beide Male die richtige Marke. Als er sich damit im Spiegel betrachtete, musste er lächeln, zum ersten Mal seit langem. Dann rief er sich zur Ordnung. Hier gab es nichts zu lächeln. Seine Chancen standen ohnehin schlecht. Heute Nacht musste er seinen Auftrag durchführen; davon hing alles ab. Vielleicht brachte ihn der Dresscode seinem Ziel ein paar Meter näher. Das reichte. Er entschied sich für ein Messer.

Baumann hatte sich den Plan vom Veranstaltungsort genau angesehen. Es gab sogar Fotos von der Röhre in der Karte, die er aus dem Tiefbauamt kopiert hatte. Zu seiner großen Erleichterung brauchte er nicht durch den Vordereingang zu gehen, denn der wurde mit Sicherheit von den Piraten überwacht. Sie würden ihn allein an seiner Größe erkennen. Der enge Gang, der genau am anderen Ende der Röhre mündete, würde ihn am Schluss zum Kriechen zwingen, aber es würde gehen, er war sicher. Er nahm sein Schlossknackerwerkzeug mit, auch eine winzige batteriebetriebene Säge, die mit Stahl bis zu einem Zentimeter Dicke fertig wurde. Er versteckte die Kapuze seines Pullovers unter einer abgewetzten Jeansjacke. Die Sonnenbrille trug er in der Brusttasche. Er ging U-Bahn fahren.

Der Einstieg in die Kanalisation war leichter als gedacht. Mit seinen Bärenkräften hob er den Kanaldeckel an und schob ihn auch wieder in die Fassung zurück, nachdem er eingestiegen war. Für irgendwas musste all das Krafttraining ja auch mal gut sein. Er war sich so gut wie sicher, dass ihn niemand beobachtet hatte in dieser sehr stillen Straße in Friedrichshain, in der viele Häuser leer standen. Hier rief man auch nicht so schnell die Polizei, und wenn, dann kam sie meistens zu spät. Kaum im Dunkeln, rief er die 3-D-Variante der Karte auf, in der man herumlaufen konnte wie in den Röhren- und Tunnelbauten eines Computerspiels. Der Weg wurde ihm vorgezeichnet. Ohne einen einzigen Fehler fand er zu dem Verbindungsgang. Bildete er sich das nur ein oder hörte er bereits hier die Musik wummern? Er verharrte vor der schmalen Öffnung, er lauschte. Keine Musik, nur das Blut in seinen Ohren. Niemand in der Nähe, er wusste das, weil er hier unten die P-LANs hätte leuchten sehen müssen wie Fackeln. Leider war er jetzt gezwungen seine Taschenlampe zu benutzen, denn der Schacht war fast frei von elektrischen Installationen und ohne die waren seine Crossover-Augen blind. Er tastete sich vor, seitwärtsgehend.

Flex war überrascht. Wann immer er in seinem Netz die Leistung seines verteilten Codebrechers prüfte, lag sie über seinen Erwartungen. Die Türkboys kamen an, die Zahl der Netzknoten erhöhte sich um 56 und lag nun bei 631, sehr viel mehr Leute passten in die Röhre nicht hinein. Er sah Ercü und Menno kurz reden. Menno hielt die ganze Zeit Kontakt zu den anderen Chefs, die hier mit ihren Leuten aufgekreuzt waren. Er tanzte durch die Menge und wechselte hier einen Blick, umarmte dort jemanden, manchmal gab es auch ein kurzes Gespräch: Menno hielt die Bande zusammen. Paula konnte Flex nicht sehen. Wahrscheinlich

tanzte sie woanders. Sogar die Musik gefiel Flex. Er hatte sich lange nicht so wohlgefühlt.
Und dann geschah das Wunder: Das von Flex aufgebaute Rechennetzwerk stolperte per Zufall über Ali Babas Zauberspruch. Es machte »Pling« in Flex' Ohren und er glaubte zunächst, sein Programm wäre abgestürzt, irgendwas hätte sich festgefressen, er müsse ganz von vorn anfangen. Aber als er sich auf die Darstellung des Netzes in seinen Sehzentren konzentrierte, stockte ihm der Atem: Über der wabernden Fläche leuchtender Punkte, die die Partygäste darstellten, stand in großen pulsierenden Buchstaben: »Done«. Darunter rollte das gesuchte Passwort ab, eine elend lange Kombination aus Zahlen, Buchstaben und Sonderzeichen, zufällig aufgefunden unter den ersten paar Milliarden Möglichkeiten, die sein schnell zusammengehackter Supercomputer aus P-LANS durchprobiert hatte. Die Crossoverdateien standen zum Upload bereit und Flex schickte sie sofort los. Wäre es dunkel genug gewesen, hätte er Fäden aus seiner Aura herausschießen sehen können, zu jedem Netzknoten in der Umgebung. Er warf sich mitten in die Menge, um den Netzwerken möglichst vieler Leute nahe zu sein. Er schrie mit der Musik, er tanzte, er war glücklich. Er übertrug die Daten.
Baumann hatte zuerst Angst, seine Säge könnte gehört werden, aber das Dröhnen der Musik verschluckte alle anderen Geräusche. Das Schloss an der Eisenklappe, die ihn noch von der *Underworld*-Party trennte, war ziemlich zäh. Er musste verdreht und gebückt arbeiten; obwohl es kalt war, schwitzte er stark. Zum Glück gab es keinen Funkenflug, er hätte nicht gewusst, wie den Funken ausweichen.

Die Säge wurde in seiner Hand langsam heiß. Er konnte nur hoffen, dass sie durchhielt. Als sie sich durch das Schloss hindurchgefressen hatte, musste er noch fünf Minuten warten, bis er es abziehen konnte. Nach zehn Minuten war es so weit. Er zog das Schloss ab und verbrannte sich dabei die Finger nur leicht. Ein größeres Problem war die Klappe. Durchpassen würde er schon. Aber ließ sie sich überhaupt öffnen? Und wer stand dahinter? An so einen blöden Fleischklops von der Partysecurity zu geraten und mit ihm fertig werden zu müssen, bevor die eigentliche Arbeit begann – das fehlte ihm gerade noch. Baumann schlug gegen die Klappe. Sie bewegte sich nicht. Wahrscheinlich eingerostet. Er versuchte es mit Schieben und merkte, dass die Klappe nachgab. Knirschte in den Gelenken, gab aber nach. Sofort ballerte die Musik lauter herein. Baumann schob. Er stand ungünstig und musste alle Kraft aufwenden, aber schließlich schaffte er es. Schwärze. Ein schwarzes Viereck, wie in den Beton gestanzt. Die Musik war ohrenbetäubend. Er griff in die Dunkelheit aus. Ohne seine Beine dabei benutzen zu können, zog, zerrte, ächzte er sich aus dem Loch heraus. Jede Sekunde dachte er dabei an seine Wehrlosigkeit in dieser Situation. Als er zu Boden rollte, atmete er wie ein Bergsteiger in zu dünner Luft, seine Jacke war zerrissen, all seine Muskeln schmerzten. Aber niemand griff ihn an, niemand schien ein Problem mit ihm zu haben, niemand bemerkte ihn. Das hatte einen einfachen Grund: Er war offensichtlich hinter eine Art Stellwand geraten, die vom Boden bis zur Decke ging und das Licht von der Party nicht bis in diesen Winkel hier vordringen ließ. Sein Puls und seine Atmung beruhigten sich.

Er regelte seinen Crossover-Sinn herauf und sah in seinem dunklen und lauten Versteck die Leiterbahnen von Musik, Beleuchtung und Belüftung, er sah die dünnen Filamente, die von einem Netzwerk ausgingen und auch Verbindung zu seiner Aura suchten (er blockte sie alle ab), er sah hinter der großen Stellwand eine amorph wabernde Masse von Glühwürmchen, die von der Musik durchzittert wurden, und in dieser Masse sah er drei klar definierte, rote Punkte: seine Opfer. Sie sind hier, dachte Baumann. Sie planen genau das, was ich vermutet habe. Er wählte die Draufsicht und sah die drei Punkte in der Menge von oben. Einer war der Stellwand ziemlich nahe, die zwei anderen waren weiter entfernt, bewegten sich am fernen Ende der Röhre. Los, dachte er.

Flex bemerkte zuerst den Alarm nicht, weil er in der Menge badete, die von ihm und den beiden anderen die Crossover-Daten empfangen hatte. Der Upload auf das Netzwerk aus über sechshundert Piratenkörpern war perfekt, schon verbreiteten einige der Tänzer die Daten selber weiter, alle wurden infiziert, alle. Flex und Menno hatten ein paar Minuten miteinander getanzt, grinsend, blödelnd, triumphierend, jetzt hüpften sie wieder jeder für sich. Die Meldung, dass sich plötzlich ein gewisser Müller im Netzwerk aufhielt, brauchte ein paar Sekunden, um sich bis zu Flex' Gehirn fortzupflanzen, aber als er begriffen hatte, blieb er sofort stehen. »Baumann ist hier!«, schrie er in die Menge, aber niemand hörte ihn, und wenn ihn einer von den Tänzern gehört hätte, hätte er ihn nicht verstanden. »Baumann ist hier!«, schrie er noch einmal über das verschlüsselte Privatnetzwerk, das nur ihn und die beiden anderen umfing,

und auch da dauerte es eine Weile, bis Menno und Paula reagierten: »Was?«, »Wo?« Flex ging auf Draufsicht. Drei rote Punkte. Ein schmales, gleichschenkliges Dreieck, mit der Basis an der einen und der Spitze an der anderen Seite der Partyröhre. Nicht weit von der Spitze, über der der Buchstabe »P« stand, ein vierter Punkt, gelb, pulsierend: »Müller«. »Los, Flex«, funkte Menno zurück. »Die Stingrays!« Flex griff in seine Hosentasche. Dort steckte die Waffe, seit er sie aus ihrem Versteck in seiner Schuhsohle herausgeholt hatte. Er wusste, dass es zu spät war. »Jetzt verlieren, nachdem wir schon gewonnen haben«, dachte er bitter. Aber für Bitterkeit war jetzt keine Zeit. Er warf sich in die Menge.
Paula tanzte mit dem Küsser. Sie hatte ihn gefunden, unter all den Piraten, die hier tanzten. Er hatte sie sofort erkannt, hatte sich noch einmal entschuldigt für das unsaubere Material, das er ihr geliefert hatte, und sie hatte nur gelacht. Paula verliebte sich, sie spürte es genau. Vielleicht ließ sie sich nur für diesen Abend fallen, vielleicht mit dem bestimmten Zweck, ihre Lage zu vergessen, aber es war egal, es machte Spaß. Sie küssten sich einmal kurz und einmal lange. Tanzen war wichtiger. »Baumann ist hier!«, hörte sie Flex über das Funknetz schreien. Sofort blieb sie stehen, drehte sich um und sah ihn noch in der Drehung: zwei Köpfe größer als der Rest, maskiert mit Sonnenbrille und Kapuze, im Stroboskoplicht zuckte er hin und her; er schob sich durch die dichte Menge der Tänzer und der Projektionen wie ein Bulldozer. Paula gab sofort auf. Sie wusste, dass er nicht auf Sicht navigierte, sondern dass sein Crossover-Sinn ihn lenkte, sie wusste, dass die anderen zu weit weg

waren, zwar nestelte sie ein wenig nach dem Stingray, ließ es aber gleich bleiben, so müde war sie, so verzweifelt: Es war vorbei. Sie spürte kaum, wie jemand an ihrer Schulter rüttelte, sie hörte nur gedämpft, was ihr zugeschrien wurde. Alles, was jetzt noch kommen konnte, war der Tod. Zweimal entwischt keiner, war ihr einziger Gedanke. Baumann kam näher. Sein Gesicht, aufleuchtend im Geballer der Musik, des Lichts, war eine Maske mit großen dunklen Augen aus Kunststoff.

Menno ruderte verzweifelt gegen das Ertrinken an. Seine Angst war enorm, aber seine verzweifelte Wut war größer. Nicht jetzt, dachte er, nicht jetzt, nicht jetzt, nicht jetzt. Er schrie, er schlug um sich, er kämpfte sich vorwärts. Zu langsam, wie er genau wusste. Dieser Idiot. Die Herkulesgruppe hatte verloren! Die Infektion war da, das Spiel war aus! »Sinnlos, Baumann!«, schrie er in Richtung des Feinds und wusste genau, dass der nicht hörte. Er kämpfte. Er wütete. Er war zu schwach, weil er nicht war wie Baumann.

Baumann stieß die Jugendlichen zur Seite. Manche fanden das sogar komisch, er konnte es aus den Augenwinkeln sehen, sie hielten diesen Riesen für einen Teil der Party, sie hielten ihn für einen bestellten Spaßmacher, der noch mehr Schwung in die Bude brachte, auch wenn er ein bisschen zu fest anpackte. Baumann hatte keine Zeit, er musste vorwärtskommen, er musste Platz schaffen für einen klaren Stich. Paula hatte begriffen, sie bewegte sich nicht mehr, sie wartete auf ihn. Sie würde die Erste sein und die anderen beiden eilten ihr zu Hilfe, ihm direkt in die Arme, er konnte es sehen. Auf den letzten Metern rannte er die Leute einfach um. Die kleine, kümmerliche Gestalt Paulas stand wie auf einer Lichtung in einem Wald aus tanzenden Bäumen. In diesem Moment warf sich jemand gegen ihn, ein schwacher Versuch der Gegenwehr. Baumann musste nur einmal zustechen und war die Störung los. Mit derselben Bewegung, mit der er das Messer aus dem toten Körper herauszog, wollte er Schwung holen für Paula. Aber da ging das Licht an, die Musik setzte aus, die gesamte Veranstaltung schien schockgefroren. Alles stoppte. Auch Baumann.

»Hier spricht die SecurAG. Ihr seid verhaftet. Wenn ihr Widerstand leistet, wenden wir Zwangsmittel an. Wir werden euch jetzt nach und nach abführen, was eine Weile dauern kann. Ende der Durchsage.«

Baumann erwachte aus seiner Erstarrung, holte mit dem Messer aus, ging einen Schritt auf Paula zu und wollte zustoßen. »Nein!«, schrie Menno, der als Erster bei ihnen war, und schoss seinen Stingray auf Baumann ab. In der totalen Stille um sie herum hallte selbst der leise Schuss wie ein Donnerschlag. Das Rochengift wirkte sofort, Baumann ließ das Messer fallen, griff sich an den Hals und brach zusammen. Er fiel vor Paulas Füße und wand sich am Boden vor Schmerzen. Ohne nachzudenken, schoss ihm Menno die Ersatzladung seines Stingrays in den Rücken, und Flex, der gerade atemlos ankam, gab auch noch einen Schuss auf ihn ab. Baumann zuckte nur noch. Für ein paar Sekunden war alles still, man hörte nur das Atmen von Flex und Menno und die furchtbaren Geräusche, die Baumann in seinem Schmerzenskrampf machte: Er krallte unwillkürlich seine Finger in den Fußboden, brach dabei seine Nägel ab, ächzte, aus seinem Mund kam Schaum. Flex wurde klar, dass Baumann das nicht überleben würde. Eine dreifache Stingray-Dosis war in jedem Fall tödlich. Paula starrte mit weit aufgerissenen Augen ihre Freunde und die Leiche des Küssers an, der sich für sie geopfert hatte. Am Eingang der Röhre entstand ein Tumult und Mennos Gehirn rastete wieder ein. »Die Bullen!«, schrie er, dass es alle hören konnten. »Jetzt, Easy«, rief er über das Netz. »Jetzt!« Die Schockwelle ging durch die Röhre wie eine Mauer aus Luft. Diesmal waren die blauen Blitze überall, umzuckten jeden Körper.

Flucht. Sie hatten einen Vorteil: Sie kannten das schon. Zwar kamen sie genauso schlecht auf die Füße wie der Rest der Veranstaltung, aber sie wussten, was geschehen war, und sie hatten vor allem ein Ziel: den Ausgang. Sie stolperten, taumelten, hüpften über Dutzende, Hunderte von Piraten, die Easy lahmgelegt hatte und die sich jetzt mühsam wieder aufrappelten. Im fahlen Licht der Deckenbeleuchtung wirkte das so unheimlich wie das Erwachen von Untoten. Menno konzentrierte sich darauf, nicht allzu oft auf Hände und Füße zu treten, die im Weg herumlagen. War Flex da? Er blickte zur Seite – Flex stakte genau wie er zwischen den sich wälzenden Leibern hindurch. Paula balancierte neben ihm her. Wo ist eigentlich Easy?, dachte Menno.

Easy und seine Leute waren bei der Arbeit. Sie filzten und entwaffneten die gelähmten RARler und die übrigen Angestellten der SecurAG, die bereits in die Halle eingedrungen waren. Es waren mindestens dreißig, und als Menno, Flex und Paula dazukamen, begannen sich manche von ihnen schon wieder zu regen. Wortlos warf Easy den drei Freunden ein paar Injektoren zu und sie spendierten süße Träume ringsumher. Gegen Ende reichte fast der Stoff nicht, aber sie schafften es gerade so. Easy verteilte die Waffen an seine Leute, zwischendrin erläuterte er die Lage.

»Wir haben also ein Problem. Denn oben, an den Ausstiegen, warten ihre Kollegen mit den Gefangenentransportern und gleich ruft einer von denen an und fragt, was los ist.«

Noch während er sprach, quakte das Funkgerät des Einsatzleiters.

»Ivan 1, hier ist Ivan 3. Ivan 1, hier Ivan 3. Alles in Ordnung da unten?«

Easy griff nach dem Funkgerät. Er schien sich damit prima auszukennen. »Alles klar, Ivan 3«, sagte er ohne jedes Zögern, »wir bringen die Ersten in einer Viertelstunde rauf.«

Es rauschte. »Aufgeflogen«, dachte Menno, »jetzt kommen sie runter.« Aber Ivan 3 war offenbar nicht in Stimmung für ein wenig Action in der Kanalisation.

»Alles klar, Ivan 1. Bereit zum Empfang der Pakete. Verschnürt sie gut. Ende.«

Easy ließ das Funkgerät los.

»Mitgezählt?«, fragte er. »Da gibt's irgendwo noch Ivan den Zweiten. Meine Intuition sagt mir, dass wir ihm direkt in die Arme laufen, wenn wir hier durch die Vordertür marschieren.«

»Scheiße!«, sagte Flex. »Die Röhre hat nur einen Aus- und Eingang! Wir sitzen in der Klemme.«

»Lass mich nachdenken«, sagte Easy und sein gealtertes Jungengesicht legte sich in Falten. Er ging für eine halbe Minute drei Schritte hin, drei Schritte her, als wären die anderen gar nicht mehr da. Es sah nicht aus, als habe er einen

großen Plan, fand Menno. Aber dann blieb er stehen, hob den Zeigefinger und lächelte in die Runde.
»Baumann zeigt uns den Weg. Los, zum anderen Ende der Röhre.«
»Aber da ist nichts! Kein Ausgang!«, protestierte Flex, der offenbar der Panik nahe war.
»Werden wir ja sehen«, sagte Easy und schob sich an den drei Freunden vorbei. Seine Leute folgten ihm. Flex, Menno und Paula auch.
Weil die meisten wieder auf den Beinen standen, wäre es jetzt eigentlich ein wenig leichter gewesen, an all den sich rekelnden, ihren Kopf reibenden, sich auf ihren Knien abstützenden und ab und zu auch kotzenden Piraten vorbeizukommen, aber diejenigen, die schon wieder wach genug waren, wollten auch ein paar Antworten. Bald schon bildete sich um die Gruppe aus Easys Leuten herum eine Traube von verwirrten Jugendlichen. Easy setzte eine Botschaft ab, die sich in Echtzeit über das Crossover-Netzwerk verbreitete.
»Alle mal herhören: Hier spricht Easy B. Zwei Sachen. Jeder von euch hat jetzt Crossover im Leib, wiederhole, jeder von euch hat Crossover im Leib. Deswegen hört ihr mich. Punkt zwei: Die Bullen sind hier. Die Vorausabteilung haben wir erledigt, aber es gibt noch mehr von ihnen, vor der Röhre und über der Erde. Sie kommen wegen Flex, Menno und Paula. Wer durch den Vordereingang geht, ist verratzt, die Bullen warten dort, wie viele, weiß ich nicht. Ich glaube, es gibt einen Hinterausgang. Wenn das stimmt, dann wird er wahrscheinlich eng sein. Wir haben nicht viel Zeit. Und wir müssen verdammt schnell und

disziplniert sein. Lasst uns durch, sonst geht's uns allen dreckig.«
Sie kamen zu den beiden Toten. Um die Leichen herum Blut, Paula und Flex sahen nicht hin und wollten schnell weiter, aber Easy hielt an und kniete sich hin. Was soll das jetzt?, dachte Menno. Wir hatten es doch eilig? Aber dann, er traute seinem Crossover-Sinn kaum, sah er dünne und blasse blaue Fäden aus Baumanns Körper zu Easys Aura aufschießen und die blasse, schwach dunkelblaue Aura um Baumanns Körper fiel ihm jetzt auch auf. Baumann war mausetot, man brauchte nur in seine geöffneten, blicklosen Augen zu sehen, um das zu wissen, aber sein Körpernetz war noch nicht tot, jedenfalls nicht ganz. Easy unterbrach die Verbindung und stand wieder auf.
»Er muss ja irgendwie hier reingekommen sein, oder?«, sagte er. »Und jetzt zeigt er uns den Weg raus.«
Menno begriff, dass Easy über Körpernetze sehr viel mehr wusste als er selbst, und er ahnte, dass Baumanns Leiche nicht die erste gewesen war, die Easy auf diese Weise ausgelesen hatte. Tatsächlich brachte Baumanns Karte sie zu dem Loch, durch das er eingestiegen war. Als Menno die enge Öffnung sah, stöhnte er. Wie viel Zeit hatten sie noch, bevor Ivan 1 und 2 misstrauisch wurden?
»Wir müssen es versuchen«, sagte Easy.
»Ich bin's wieder, Easy«, funkte er übers Netz. »Wir haben den Ausgang gefunden. Wenn der Letzte von hier durch ist, bevor die Bullen aufkreuzen, gibt es einen Extrabonus. Los jetzt!«
Und er winkte schon dem ersten Piraten in seiner Nähe, der sich gehorsam durch die schmale Öffnung zwängte und

auf der anderen Seite verschwand. Der nächste stand schon an und schob sich mit dem Kopf voran in das Loch, sobald die Füße des ersten verschwunden waren. Es bildete sich eine Schlange, dann ein Pulk. Alle hatten begriffen. Viele waren verängstigt, manche verkrampft, manchen musste man helfen. Nur das nervöse Scharren der Füße und ein leises Gemurmel waren zu hören. Menno wurde auf einmal klar: Crossover konnte ein Instrument der sozialen Kontrolle sein, wie es noch keines gegeben hatte. Er musste gegen den Impuls ankämpfen, sich durch die Traube der Wartenden hindurchzudrängen. Aber er wollte stark wie Easy sein: ein Kapitän, der als Letzter das Schiff verließ. Fünf Minuten verstrichen, zehn.

»Yo, ihr Scheißkerle«, röhrte es plötzlich durch das Netz. »Hier Ercü und die Boys. Was macht ihr da vorne eigentlich, Picknick oder was? Wir haben keinen Bock, hier zu verschimmeln.«

Au ja, dachte Menno. Das brauchen wir jetzt. Dumme Sprüche von der Seite. Er wollte schon zu einer Antwort ansetzen, da packte ihn Easy warnend an der Schulter. »Lass ihn«, flüsterte er.

»Ihr könnt ja da vorn ruhig weiter rumfurzen, wenn ihr wollt«, meldete Ercü. »Wir gehen jetzt raus. Und wenn sie kommen, machen wir sie alle.«

Easy sah Menno an und nickte, Menno nickte zurück. Ercü wollte ein Held sein. In der Crossover-Draufsicht sah Menno etwa zwanzig Leuchtpunkte, die sich von der großen Gruppe von Leuchtpunkten am Ende der Röhre trennten und auf den Vordereingang zubewegten. Alles Gute, dachte Menno und sah Paula an. Paula war im Schock. Sie konnte an nichts anderes denken als an die beiden Toten, die noch vor ein paar Minuten vor ihren Füßen gelegen hatten. Sie bemerkte nicht viel von dem, was um sie herum vorging. Sie wollte nur hier raus. Alles andere war ihr egal. Als Ercü über das Netz brüllte: »Sie kommen!«, standen vielleicht noch 120, 150 Leute vor dem Loch und warteten darauf, endlich abhauen zu können. Auf Ercüs Warnruf hin geriet die Menge in Bewegung.

»Weitermachen, herhören«, verbreitete Easy. »Ercü und die Boys halten jetzt die Bullen auf, so lange sie können. Sie erkaufen uns damit vielleicht fünf Minuten, vielleicht weniger. Ich und meine Leute haben Gewehre und ein paar andere Asse im Ärmel, damit halten wir sie auf Abstand, bis ihr alle durch seid. Macht bloß Platz, damit wir auch noch durchpassen! Ich schicke euch jetzt Flex, Menno und Paula durch. Das ist kein Gedrängel, das ist wichtig für uns alle. Macht Platz da vorne, wenn sie durchgehen.«

»Na los«, sagte er, als Menno, Flex und Paula sich nicht bewegten. »Ihr haut jetzt ab.«

Hinter dem Loch war es zunächst dunkel. Es dauerte seine Zeit, bis sich Menno an die Situation gewöhnt hatte. Mit einigen Hundert Leuten in einem engen, dunklen Gang zu stecken, der nur durch wenige Taschenlampen in flackerndes Licht getaucht wurde, war einfach unschön. Panik stieg in seiner Kehle auf.

»Menno«, rief Easy ihn an, über das Privatnetz. »Wir kriegen hier gleich Ärger. Ercü und seine Leute haben die Verteidigung des Eingangs aufgegeben, die Hälfte der Gruppe lebt noch und zerstreut sich. Ivan 2 hat ein paar Zähne verloren, ist aber durch, und Ivan 1 kommt gerade runter, wie es scheint. Ich weiß nicht, wie lange wir sie aufhalten können. Stehen noch fünfzig Leute vor dem Loch. Also. Du hast die Karte. Hab sie dir vorhin übertragen, der Weg zu Baumanns Einstieg in Friedrichshain ist markiert. Hast du das gecheckt?«

»Yo.«

»Dann mach jetzt den Moses, Alter.«

»Viel Glück«, sagte Menno.

»Dir auch«, antwortete Easy.

Über das große Netz wurde plötzlich ein Chor von Stimmen laut; Ausrufe, Flüche wie »… kommen sie«, »… noch mehr, mindestens zwanzig …«, »Licht aus, Scheiße, macht mal einer das Licht aus, wir sehen sie besser als sie uns«, und dann war da ein leichter Anflug des Schlags, den man bei Easys E-Bomben spürte, dasselbe Flimmern der Netzzellen, dasselbe flaue Gefühl im Magen, nur viel schwächer, ein leises Echo der vollen Dosis. Dann noch einmal und noch einmal – das mussten die »Asse« sein, von denen Easy gesprochen hatte, und Menno verstand, dass Easy es irgendwie geschafft hatte, seine Schocktechnik in Minen zu packen, und dass er diese Minen gerade gezündet hatte, wahrscheinlich im Rücken von Ivan 1 und Ivan 2. Auf dem großen Netz war es dann still. Easy hatte offenbar noch einmal alles zusammengeschockt, was sich in der Röhre aufhielt. In der Draufsicht kamen die ersten Flüchtlinge am anderen Ende des Ganges raus und begannen einen Pulk von leuchtenden Punkten zu bilden. Immer mehr der Punkte tropften aus dem engen Schlauch, immer massiver wurde der Pulk. Das waren die Leute, die es am ehesten schaffen würden. Aber sie würden es nicht schaffen ohne die Karte.

»Menno hier, hier Menno. Ich hab den Plan. Ihr da vorne, jetzt dreißig Meter geradeaus, dann die erste links …«

»Wie kannst du das wissen?«, »Was soll das?«, »Wer bist du?«, kam es zurück, »Falle, Falle, das ist eine Falle!«

»Haltet die Schnauze!«, entfuhr es Menno. »Easy kämpft uns grad den Rücken frei und ihr labert hier rum? Ich hab die Karte von ihm. Jetzt los, erst gradeaus, dann links! Und lasst die Kette nicht abreißen, sonst verlieren wir Funkkontakt!«

Zwei Sekunden Stille, dann setzte sich der Pulk in Bewegung.

Über die Grenze

Die Stadt war voller Polizei. Der Kampf in der Röhre, von dem über der Erde kein normaler Bürger etwas mitbekam, hatte die SecurAG so aufgescheucht, dass sie zur Hochform auflief. Überall rasende Streifenwagen, Straßenblockaden und Absperrungen, über ihren Köpfen niedrig fliegende Hubschrauber. Menno hatte sich den Polizeifunk direkt in sein Körpernetz übertragen lassen, aber das war vollkommen sinnlos gewesen, bei dem irrsinnigen Gekreisch, das auf den SecurAG-Kanälen herrschte. Menno wusste, dass Polizisten in Panik noch gefährlicher waren als im geordneten Einsatz, und er war heilfroh, dass sie alle aus Baumanns Einstiegstelle in Friedrichshain herausgekommen waren, ohne gleich in die Arme der Cops zu rennen. Die Gruppe hatte sich in Windeseile zerstreut.

Er, Paula und Flex bewegten sich langsam und vorsichtig durch die Stadt, in der nur wenige wussten, dass in dieser Nacht etwas geschehen war, was ihr Leben schon bald gründlich ändern würde. Zum Glück hatten sie noch Kleider zum Wechseln aus dem Versteck dabei, die weniger piratentypisch aussahen. Sie zogen sich in einer öffentlichen Toilette um; die Piratenkluft und ihre Rucksäcke mit allem, was sie nicht mehr brauchten, ließen sie dort zurück. Sie versuchten zu schlendern und wie junge Nachtschwärmer zu wirken, die von einer Party heimkamen oder jetzt erst zu einem Club aufbrachen. Mal nahm Menno Paulas Hand, mal Flex, sie waren immer ein Pärchen und ein Freund, und wenn sie mit ihren gefälschten Auren durch eine Straßensperre gingen, lächelten sie. Manchmal blieben sie vor den großen Werbetafeln stehen, auf denen Clips zu neuen Sportschuhen oder Renditeplänen für die Altersversorgung liefen.

»Flughäfen? Bahnhöfe?«, fragte Flex, als sie vor einer dieser Tafeln standen. Gerade wurde die Endloswerbung von einer Nachrichtensendung unterbrochen. Topthema war ein Zwischenfall während des *Underworld*-Festivals, bei der es zu Tumulten und Auseinandersetzungen zwischen der Polizei und den Veranstaltungsbesuchern gekommen sei. Unbestätigten Berichten zufolge habe es sogar Tote gegeben. Die hohe Polizeipräsenz in der Stadt sei auf diesen Zwischenfall zurückzuführen. Die Berliner Polizei habe die Lage völlig unter Kontrolle und werde die Verantwortlichen aufspüren.

»Alles dicht. Brauchen wir erst gar nicht zu versuchen«, gab Paula zur Antwort.

»Und wir können uns nicht einfach hinsetzen und den Ball flach halten. Das hört nämlich nicht auf mit der Bullenpanik in der nächsten Zeit. Wenn sie spitzkriegen, was wirklich passiert ist, wird das immer schlimmer«, sagte Menno.

Paula und Flex antworteten nicht.

»Zu Fuß«, sagte Menno. »Wir müssen zu Fuß aus der Stadt. Das könnten wir bis morgen früh schaffen. Von dort aus weiter mit einem geklauten Auto oder so.«

»Und wohin?«

»Ostseehafen. Fähre nach Dänemark oder Schweden. Morgen früh. Bevor sich das Land aus der EU rauskickt und wieder Grenzkontrollen einführt.«

Flex und Paula nickten. Mennos Plan war der einzig sinnvolle. Die drei Freunde hielten sich noch kurz vor der Auslage eines Kaufhauses auf: glitzernde kleine Elektrogeräte, vor allem aber neu eingetroffene Chamäleon-OmniKs verschiedener Firmen, die sich fast vollkommen der Umgebung anpassten, wenn sie nicht benötigt wurden. Die Geräte waren für das Schaufenster so programmiert, dass sie sich rhythmisch aus- und einschalteten, dadurch waren sie abwechselnd sichtbar und unsichtbar. Andere wechselten in einem bestimmten Rhythmus Farbe und Musterung ihres Gehäuses. Menno musste lächeln. Die Herstellerfirmen hatten sicher Unsummen ausgegeben, um diese kleinen Tricks möglich zu machen. Und dennoch war alles, was da lag, Technik von gestern – besserer Elektronikmüll.
»Hübsch«, sagte er.
»Gehen wir«, sagte Paula.
Sie liefen los. Es gab nicht viel zu reden. Nur einmal fragte Flex unvermittelt:
»Ob Easy B es geschafft hat?«
»Hoffe doch«, antwortete Menno.
»Glaub ich nicht«, sagte Paula.
Als sie die Vorstädte hinter sich ließen, ahnte man im Osten schon den Sonnenaufgang.

Epilog

In der Luft fühlte er sich sicherer. Das Flugzeug gehörte zur neuesten Generation von Privatjets und zog in großer Höhe und mit dreifacher Schallgeschwindigkeit über die Erde dahin. Der 3-D-Projektor im bordeigenen Arbeitszimmer zeigte Nachrichten. Die gute alte Tagesschau erwähnte, dass es bei einer »alternativen Jugendveranstaltung« in Berlin zu Auseinandersetzungen gekommen war. Wie in den Nachrichtensendungen vorher wurde erwähnt, dass es neben den getöteten Mitgliedern der RAR und der gewöhnlichen SecurAG-Angestellten auch mehrere zivile Opfer zu beklagen gab: einen Jugendlichen von fünfzehn Jahren, der wahrscheinlich von anwesenden Datenpiraten erstochen worden war, einen ehemaligen Angestellten der SecurAG, offenbar durch eine Überdosis von Stingray-Gift ermordet, und mehrere türkischstämmige Bandenmitglieder, die der Polizei Feuergefechte geliefert hatten. Bedauerlich, aber doch wiederum nicht so furchtbar wichtig und ungewöhnlich, danach kam gleich der Sport. Folkerts war sofort alles klar gewesen, als er das erste Mal von den Kämpfen gehört hatte. Baumann hatte sich entgegen seiner Ankündigung nicht gemeldet, also war er gescheitert. Folkerts war schlau genug dieselben Schlussfolgerungen zu ziehen wie Baumann vorher: Er ging vom schlimmstmöglichen Fall aus und glaubte fest daran, dass Crossover letzte Nacht in die freie Wildbahn entlassen worden war. Geschlagen von drei rotznäsigen Datenpiraten, hatte er beim Löschen aller

wirklich interessanten Daten zum Herkulesprojekt gedacht, auf die nur er selbst Zugriff gehabt hatte. Er war zum Flughafen gefahren, an diesem sonnigen Berliner Morgen. Mit den anderen hatte er keinen Kontakt aufgenommen. Entweder waren sie schlau genug sich selbst ein Bild von der Situation zu machen oder sie ließen sich fangen – ihr Pech. Folkerts hatte nichts für Dummköpfe übrig, vor allem wenn sie jeden Wert für ihn verloren hatten. Ausplaudern konnten die anderen nur das, was sie konkret von dem Projekt wussten. Das würde der DaSi reichen, um zu begreifen, worum es ging, aber es würde ihr nichts nützen. Weder bei der Bekämpfung von Crossover noch bei ihren Anstrengungen, ihn zu fangen. Sein Fluchtweg und sein Versteck waren den anderen unbekannt, dafür hatte Folkerts gesorgt. Wenn sie selbst keine Notfallpläne für sich aufgestellt hatten – wiederum ihr Pech. Schön, dass sie ihm die ganze Zeit treu gewesen waren. Er war vor allem sich selber treu und seinen Ideen. Mit denen er nun einen zeitweisen Rückschlag erlitten hatte, aber so etwas kam vor. Das war geschehen, als die Regierung das Herkulesprojekt fallengelassen hatte, es war jetzt ein zweites Mal geschehen und blieb auch in Zukunft denkbar. Aber er war schon weit gekommen, immer wieder hatte er Leute gefunden, die für seine Visionen zu begeistern waren, und sein Vermögen war in verschiedenen Ländern geparkt, da hatte er noch genug Reserven.
Kurz bevor seine Maschine in Toronto aufsetzte, war er eigentlich schon wieder recht guter Dinge. Ein guter Verlierer zu sein hatte schon immer zu seinen Tugenden gehört. Crossover war nur ein erster Schritt. Aber schon dieser

erste Schritt würde die Welt verändern. Der Weg bis zum perfekten Menschen war noch weit. Es würde noch viel Chaos bis dahin geben. Vielleicht war es ja Teil der Vorsehung, dass Crossover sich verbreitet hatte. Der gleichen Vorsehung, die das Herkulesprojekt hatte scheitern lassen und ihm, Folkerts, seine geheime Weiterführung in die Hände gelegt hatte. Ja, *er* hatte die Welt geändert. Wer konnte das schon von sich sagen? Die Landung in Toronto war problemlos.

Begleitet von zwei gut bewaffneten Leibwächtern machte er persönlich in der Stadt einige Besorgungen. Im Bankenviertel der Stadt hob er mehrere Konten auf, die für Situationen wie diese bereitgehalten worden waren, und brachte den Inhalt verschiedener Wertfächer in seinen Besitz. Die beiden Koffer, mit denen er zum Flugplatz zurückkehrte, waren an die vierzig Millionen wert. Keine drei Stunden nachdem es in Toronto gelandet war, startete sein Flugzeug wieder, diesmal Richtung Süden. In Uruguay wartete man schon auf ihn. Bisher hatte er die Ranch nie persönlich gesehen. Sie war in allen Dingen selbstversorgend, vor allem was Wasser, Nahrungsmittel und die Satelliten- und Internetkommunikation anging. Eine handverlesene Mannschaft aus ehemaligen Elitesoldaten bewachte sie nach draußen; es gab einen Hubschrauber dort, einen Fuhrpark, ein Schwimmbad und viele andere Dinge, die das Leben angenehm und sicher machten. Und natürlich gab es ein Labor. Um keine Spur entstehen zu lassen, die zu ihm persönlich zurückverfolgt werden konnte, hatte Folkerts Ranch und Labor von Strohmännern betreiben lassen. Aber eins war sicher: Er wusste, er würde zufrieden sein.

Zum Abendessen würde er seinen Lieblingswein trinken, der genau zum richtigen Zeitpunkt geöffnet worden war und der auch genau die richtige Temperatur hatte.
Easy hatte gut geschlafen. Das Geplätscher des Landwehrkanals beruhigte ihn, Hausboote hatte er während seiner Karriere als Oberfreak der Piratenszene schon öfter bewohnt und sie hatten ihm immer gefallen. Die Technische Universität am anderen Ufer, der Landwehrkanal selbst, ganz Berlin um ihn herum: Alles wirkte völlig normal. Aber es konnte nicht lange dauern, bis die DaSi dahinterkam, was vor zwei Nächten passiert war. Jetzt war die Zeit, in der man Vorräte anlegen, Verstecke sichern, Vorbereitungen treffen musste. Alles war drin, von einer Währungsreform mit vollständiger Rückkehr zum Bargeld bis zur radikalen Wirtschaftskrise und dem totalen Bürgerkrieg um jedes Stück Brot. Zwanzig von Easys besten Leuten arbeiteten rund um die Uhr daran, dass man für alle Möglichkeiten gerüstet war. Alle waren sie alte Freunde von Easy, längst über das eigentliche Piratenalter hinaus und ihrem Chef treu ergeben. Sie stahlen, plünderten und kratzten an Wertsachen zusammen, was sie nur konnten: teure Uhren, die sie mit gefälschten Signaturen in Kaufhäusern erwarben, aber auch Bargeld, das sie bei den wenigen verbliebenen Kundenbanken erbeuteten, indem sie die Identität von rechtmäßigen Kunden annahmen. Immer legten sie bei ihren Aktionen die Überwachungssysteme lahm, sie kleideten sich passend, benahmen sich höflich und übten auf gar keinen Fall Gewalt aus. Easy wollte, dass alles rund lief, er wollte, dass sie zehn Millionen in den verschiedensten Waren- und Geldwerten zusammenklauten, und mit diesen

Werten im Rücken wollte er sich in der Berliner Piratenszene eine unanfechtbare Position aufbauen, ob nun der Staat in der gegenwärtigen Form überlebte oder nicht. Seine Chancen standen gut. Crossover war unaufhaltsam, schon seine zwanzig Leute hatten Hunderte, wenn nicht Tausende damit infiziert, im Vorübergehen, bei ihren Beschaffungsaktionen, in Kaufhäusern, Tankstellen, Banken, U-Bahnhöfen, öffentlichen Toiletten, auf Parkbänken und in Kneipen, in Kinos und Bordellen. Die DaSi würde bald anderes zu tun haben, als die Verursacher dieser Epidemie ausfindig zu machen, sie würde mit der Epidemie selbst total überfordert sein. Was seine zukünftige Stellung als König der Piraten anging, war Easy noch zuversichtlicher. Er hatte Jahre Vorsprung im Umgang mit Crossover. Menno, Flex und Paula, seine größten Konkurrenten innerhalb der Piratenszene, waren verschwunden, er hatte selbst dafür gesorgt, dass sie heil aus dem Tunnel unter der Oberbaumbrücke herauskamen, und seitdem hatte sie niemand gesehen. Ercü war tot, von der RAR erschossen beim Kampf um den Eingang zum Tunnel. Die Türkboys hatten noch keinen Nachfolger für Ercü gefunden, mehrere seiner engsten Vertrauten waren ebenfalls tot. Armer, tapferer Ercü, dachte Easy und warf einen Kronkorken in den Landwehrkanal. Mit einem leisen »Flupp« tauchte der Korken in das Wasser ein. Sein ärgster Feind, Folkerts, war im Ausland, dessen war sich Easy absolut sicher. Folkerts würde wissen, was die Uhr geschlagen hatte, und weil er auf gar keinen Fall riskieren wollte aufzufliegen und verhaftet zu werden, hatte er sich vom Acker gemacht. »Jede Wette«, sagte Easy zu sich selbst und blickte auf das ölig schillernde

Wasser hinunter. Für den schlimmsten denkbaren Fall, nämlich seine eigene Verhaftung durch die DaSi, hatte Easy einen Plan. Er würde das totale Unschuldslamm spielen und im Austausch für seine Freiheit oder eine milde Strafe jede Information anbieten, die er über Crossover, die Geschichte des Herkulesprojekts, Folkerts, aber auch Menno, Flex und Paula je zusammengetragen hatte. Das war eine ganze Menge. Das würde die DaSi in jedem Fall interessieren. Möglicherweise konnte er sogar bei der DaSi als Crossover-Experte anheuern. Man musste flexibel sein in diesen unruhigen Zeiten.

Er hörte eine Autotür schlagen. Eine gemurmelte Unterhaltung mit den zwei Wachen am Landungssteg, die als Urlauber getarnt waren, dann polterten Schritte über die Planken des Hausboots. Zwei seiner Leute kamen auf den kleinen, gemütlichen Balkon über dem Wasser, auf dem Easy saß und frühstückte. Sie trugen Blaumänner und sahen wie Lagerarbeiter nach der Nachtschicht aus. Ein Geruch von Tabak umgab sie.

»Alles klar?«, fragte Easy.

»Logo«, sagte einer von ihnen und grinste breit. »War total locker. Wir hätten da einen ganzen 30-Tonner vollladen können, bevor die was merken.«

»Sollen wir das Zeug jetzt reinbringen?«, fragte der andere.

»Na, klar«, sagte Easy, »damit uns irgendein Dackelbesitzer dabei beobachtet, wie wir palettenweise Zigaretten auf das Boot bringen. Da warten wir doch lieber, bis es dunkel ist, oder? Kommt, setzt euch. Esst was, trinkt was, ihr habt 'ne harte Nacht hinter euch.«

Die beiden griffen sich Stühle und setzten sich zu ihm an den Tisch. Easy holte Teller und Tassen aus der Küche und goss den beiden Tabakdieben selbst Kaffee ein. »Saubere Arbeit«, sagte er dabei. Er ging immer gut mit seinen Leuten um, denn er musste sich auf sie verlassen können und verdankte ihnen viel. Ja, dachte er, als er sich zurücklehnte, um sich die Sonne wieder ins Gesicht scheinen zu lassen, so weit alles im grünen Bereich. Aber der Kampf hatte gerade erst begonnen.

Atemlose Jagd nach dem Buch der Macht

Was für ein Tag: Job weg, Troll eingefangen und dann auch noch entführt worden!

Azureus hat die Faxen dicke! Dabei ist er der beste Scout, den man für Geld bekommen kann, kaum jemand spürt Dinge im Dorf (früher mal als Internet bekannt) schneller auf als er. Und genau darum geht es seinem merkwürdigen Entführer: Er schickt Azureus auf die Suche nach einem geheimnisvollen Buch. Doch wenn sich dein Auftrageber Böhmischer Bischof nennt, dein Partner ein Troll mit ausgeprägtem Beschützerinstinkt ist und bald sämtliche Sicherheitsleute des Dorfs hinter dir und dem Buch her sind, ist die Sache ziemlich klar: Das ist ein richtig beschissener Tag!

Ab 14 Jahren. 200 Seiten
ISBN 978-3-7941-8094-3

sauerländer

www.sauerlaender.de